MARC

Né à Ottawa en 1970, Marc Séguin est reconnu comme artiste peintre. Ses toiles sont exposées dans les plus grandes villes du monde, notamment à New York. *La foi du braconnier*, son premier roman publié en 2009 (Bibliothèque québécoise, 2012), lui a valu d'être finaliste au Prix des libraires du Québec ainsi qu'au Prix de la relève Archambault, et de remporter le Prix littéraire des collégiens. En 2010, Marc Séguin a fait l'objet d'un documentaire, *Bull's Eye, un peintre à l'affût*, réalisé par Bruno Boulianne.

HOLLYWOOD

À quelques jours de son accouchement, Branka Svetidrva meurt d'une balle perdue dans les rues de Jersey City. Son amoureux, sonné, se soûle avant d'aboutir dans un cagibi de fond de ruelle, à Brooklyn. Pendant que toutes les télés du monde sont branchées sur le suicide en direct d'un astronaute tchétchène dans l'espace, il fait le récit de sa rencontre avec celle qui avait survécu aux *snipers* de Sarajevo, grimpait aux églises et réinventait l'allégorie de la caverne.

Branka voulait prouver que Dieu n'existe pas, qu'Il n'est qu'une fiction de plus. Par quels fils tisser du sens alors, comment expliquer sa mort? Et celle de l'ami d'enfance, cet astronaute en orbite?

HOLLYWOOD

MARC SÉGUIN

Hollywood

BIBLIOTHÈQUE QUÉBÉCOISE

BQ Bibliothèque québécoise (BQ) est une société d'édition administrée conjointement par les Éditions Hurtubise et Leméac Éditeur. BQ bénéficie du soutien financier du gouvernement du Québec par l'entremise du programme de crédit d'impôt pour l'édition de livres et de la Société de développement des entreprises culturelles (SODEC). BQ reconnaît également l'aide accordée à son programme de publication par le Conseil des arts du Canada.

Financé par le gouvernement du Canada
Funded by the government of Canada | Canadä

Conception graphique : Gianni Caccia
Typographie et montage : Luc Jacques typographe

ISBN 978-2-89406-376-7

Dépôt légal : 4ᵉ trimestre 2015
Bibliothèque et Archives nationales du Québec

Distribution/diffusion au Canada :
Distribution HMH

Distribution/diffusion en Europe :
DNM-Distribution du Nouveau Monde

IMPRIMÉ AU CANADA

« La tendresse, c'est comme l'alcool, m'avait dit Branka en se coupant une mèche de cheveux, le regard en biais et les yeux tournés vers le haut du miroir.

— Tu fais quoi là ? je lui avais demandé avant qu'elle ne finisse sa phrase.

— Je te parle de tendresse. »

Elle m'avait regardé une demi-seconde dans la glace et s'était coupé une autre mèche, puis elle avait ajouté : « Je me suis endormie avec ma gomme, c'est tout collé.

— T'étais soûle ?

— Non, heureuse. »

Et elle avait mélangé plein de mots avec tendresse : mal au crâne, modération, ivresse, respect, désir.

D'habitude, elle la collait sur la tête de lit ou sur le mur, sa gomme, parce qu'elle oubliait toujours de la jeter avant de faire l'amour. On s'embrassait, ensuite le lit, et pas question de se relever pour se rendre à la poubelle. Je n'ai jamais compris pourquoi elle ne la gardait pas dans sa bouche. Ça me semblait facile.

Je l'avais embrassée de dos, presque sur l'oreille droite, en prenant doucement ses seins gonflés dans mes mains. Du lait coulait si on les serrait trop. Elle ne disait rien. Je l'avais respirée sur la nuque, comme un chien, nerveusement, comme si ça pouvait être la dernière fois, pour être sûr de me rappeler.

24 décembre. Fin de journée. Nous irions prendre une marche. J'avais dit : « Je t'attends dehors », en voulant la presser. Mais j'étais resté à la regarder enfiler, par-dessus ses leggings, une robe que je n'avais jamais vue avant.

Elle s'était retournée, son énorme ventre tendu, déformée, de profil, et avait souri en serrant les jambes, une main entre les cuisses, et elle avait dit en roulant les yeux avec le sourire de quelqu'un qui aime quelque chose mais qui devrait le regretter : « Y a encore du sperme qui coule. »

Elle n'avait rien fait pour l'empêcher, ni pour l'enlever ni même se changer. Je crois qu'elle m'a embrassé sur la joue. Elle a retouché son maquillage. « Tu crois qu'on peut se réinventer ? » Je n'avais pas répondu, croyant qu'elle s'adressait plus à elle-même qu'à moi. Elle attachait ses cheveux, s'approchait du miroir, inclinait la tête d'un côté ou de l'autre, relevait ou baissait le menton, puis se détachait les cheveux et recommençait avec beaucoup d'attention. Une question de millimètre, probablement. Je ne l'avais pas dit, encore trop de gêne. Il y a si peu de temps qu'on se connaît. Mon sperme coule entre tes jambes de femme enceinte.

Elle avait un sourire. Ça m'a fait plaisir de savoir qu'il y avait encore quelque chose de moi en elle. Je l'avais marquée à la manière d'un curé qui marque le front du nouveau-né sur les fonts baptismaux. C'est important le liquide dans les rites. Le vin de messe, l'eau sur la tête, l'huile sainte, l'extrême-onction, les tchin-tchin d'une soirée, l'échange de salive, le sang d'une blessure, d'un pacte ou celui qui revient chaque mois, la sueur du lit ou la preuve d'une jouissance. La mienne, voulue, attendue et honorée. Peut-être même une forme d'amour. Un trop-plein. Ou une intimité que l'on ne partagera qu'avec si peu de gens au cours d'une vie. Que ce soit par fécondation ou parce qu'elle avalait mon sperme, c'était chaque fois un truc magique que je n'arrivais pas à comprendre. Un moment qui peut parfois être odieux, lors d'un viol, par exemple, ou divin, quand il est souhaité. Elle avait dit : « Merci. » En baissant les yeux, elle avait repris : « Pas pour ça, mais pour tout le reste. »

La dernière fois a ressemblé à la première fois où nous avions couché ensemble. Elle avait dit aimer ça, le sperme en elle, en avril dernier, quand elle était tombée enceinte. Une sorte de fierté ou une larme de bonheur peut-être. Je n'aurais même pas osé l'imaginer. Jamais. Le résultat final vaut-il vraiment tous les efforts consentis ?

Insoupçonnée. Branka.

Une enfilade accélérée d'heures et d'années. Jusqu'ici.

Je n'ai pas vécu de guerre. C'est le drame contemporain de l'homme blanc d'Amérique. Je suis moins crédible. Peut-être même moins libre parce que je n'ai jamais connu la contrainte.

Je n'ai pas vécu l'exil, je ne suis pas apatride, déporté, torturé, orphelin, miséreux ni sinistré. Je n'ai pas la peau noire au milieu d'une majorité blanche. Je ne suis pas l'unique survivant d'un génocide tribal. Je n'ai jamais pris la même barque que les *boat people*. On ne m'a jamais secouru sous les décombres d'une catastrophe. Je ne sais de la nature humaine que ce que les livres, la télévision ou le quotidien américain veulent bien célébrer et financer. Quand on connaît un mort, il me semble qu'on est plus vivant pour les autres. Surtout si ça implique de la violence ou une injustice. Il y a un respect hypocrite et nerveux dans l'onde de choc qui vient avec le drame. Concentrique. Un jouet dans des céréales trop sucrées.

Branka Svetidrva est née à Sarajevo le 20 mars 1980. Elle est aussi belle pour cela. Elle a entendu les bombes. Elle a respiré la putréfaction des corps et des cendres ethniques. Si elle était une histoire, dans un film ou un livre, elle pourrait gagner des prix comme celles qui témoignent avec style du malheur.

La nuit du 7 juin 1992, elle l'a passée sur le ventre, couchée au sol. Écrasée par le son des obus et les éclairs de lumière, à se demander si son appartement, au huitième et dernier étage d'un immeuble au cœur de la ville, allait s'effondrer sur sa mère et elle. Elles vivaient là depuis toujours. Sarajevo était un modèle de relations interethniques. Interreligieuses plutôt. Jusqu'alors, les ennemis étaient parvenus à cohabiter paisiblement, en apparence, leurs différences étouffées et confinées aux pensées secrètes, en famille ou entre amis. Sur une ferme, on ne mélange pas les porcs et les bœufs. On peut mettre une chèvre avec des chevaux, des chats avec des vaches, mais jamais deux coqs ensemble ou deux taureaux dans le même enclos. S'ensuit une mort naturelle. Dans l'élevage, on peut rassembler toutes les femelles du monde d'une même race, mais on ne pourra jamais mettre deux mâles ensemble. À cause de la guerre. À moins d'en castrer un. De le soumettre. Autrement, la nature, tout simplement inscrite à travers ce qu'on appelle l'évolution, refuse le droit de coexistence. Ça ne se peut tout simplement pas. La soumission est obligatoire à notre survie. Les Serbes, des chrétiens orthodoxes, ne voulaient pas que les Croates, chrétiens, se séparent d'eux.

À contre-courant du monde, donc, le crétin d'Allemand né en Autriche qui voulait éliminer les juifs avait vu juste sur certains faits délicats de notre état; le problème est qu'il a travesti de simples constats en raisons. Il avait observé des forces et des faiblesses naturelles et avait décidé de les opposer jusqu'à la mort. En illustrant avec justesse ce que nous sommes véritablement : des efforts de survie. Vains et heureux.

«La pauvreté des dogmes», avait juste dit Branka quand j'avais demandé si Slobodan Milošević était le petit cousin d'Hitler. On ne peut pas construire un gratte-ciel sur des idées, ça prend du roc à un moment donné. Pas plus qu'un pays ou une civilisation. C'est la faute aux grandes idées. Peut-être oublie-t-on trop facilement que nous sommes des cellules conscientes.

«La Déclaration des droits de l'homme m'a juste rendue cynique et sexy, m'avait-elle dit quand j'avais demandé ce qu'elle en pensait.

— Pourquoi sexy?

— Parce que t'es là aujourd'hui.» Silence.

À Sarajevo. 1992.

La cuisine dans la chambre à coucher et la chambre à coucher dans la cuisine. Les pièces ainsi inversées, il était plus difficile pour les tireurs de roquettes d'atteindre leur cible. Depuis le 5 avril, les Serbes bombardaient la ville. Des centaines d'obus chaque jour. Quelquefois plus de mille. Des dommages immobiliers, mais surtout : «*Pazite, sniper*[1]!» Les guerres solitaires. Celles qui n'ont pas de chiffres. Conduites par des milices dans un seul but. En apparence unies. En réalité isolées.

Branka a mis deux mois à se foutre des enjeux. Le matin du 8 juin 1992, quand le silence est revenu, elle s'est relevée et est allée au balcon : de la rue jusqu'au quatrième étage de l'immeuble où elles habitaient, la poussière, les cendres, la fumée des feux et des déflagrations recouvraient toute la ville d'une épaisse couverture grise et opaque. Douce, nuageuse. Rassurante comme une religion. «Je me suis ajustée.» Les minutes d'abord. Et ensuite le quotidien.

Le soleil, le silence et un feutre de fumée suspendue, comme en avion, au-dessus des nuages. La plus belle

---

1. Attention, *sniper*!

image qu'elle ait vue à ce jour. Elle venait d'avoir douze ans. Elle apprendrait que sous cet écran se trouvaient la mort et la preuve concrète de nos dégâts. Et c'est l'image qu'elle s'en ferait. Par la beauté. Quand on entre par la beauté dans un charnier, les corps peuvent devenir des tableaux de Goya et l'odeur, un parfum. «C'est la découverte d'un charnier qui a mis fin à la guerre, en 1995», avait-elle dit, cynique.

Elle croyait vivre dans un monde de certitudes. Alors que c'est sur les doutes qu'elle prenait ses appuis. Qu'elle allait prendre tous ses appuis.

Les Serbes jouaient au foot avec les têtes de leurs ennemis. Les siens. Elle se disait qu'elle ferait probablement pareil si un jour elle devait porter l'uniforme. «Mon corps n'est qu'un instrument qui marque des gestes, symboliquement, comme une horloge, il m'appartient, mais il a une fin.» Elle était descendue ce matin de juin, après une semaine d'explosions, au jardin communautaire de l'immeuble et avait mis des graines de citrouille en terre. Sans jamais savoir si un bout de métal viendrait la frapper, surtout de dos, et la briser. «Le temps est hémorragique.» Elle le comprenait déjà à douze ans. On peut le cautériser, le suturer, lui injecter de l'héparine ou le regarder s'écouler jusqu'au vide.

Le sien porterait le pansement de l'amour : «Est-ce que je pourrai un jour aimer quelqu'un après ça?» elle s'était demandé quelques semaines plus tard, alors en fuite vers la France. Elle avait lu dans un magazine satiné américain que «le courage est naturel». Mais c'est surtout la peur de mourir sans le savoir qui l'avait rendue terriblement romantique, ce matin de juin 1992. Même à cet âge, elle souhaitait pouvoir aimer un homme un jour, malgré les dernières semaines, malgré les soldats qui étaient entrés chez elle à la fin du mois d'août 1992.

C'est aussi durant cet été de guerre qu'elle avait eu ses premières règles. Un liquide chaud et collant qui coule entre les cuisses. C'est par les gestes qui relient des symboles à sa conscience que Branka allait se recoudre. Des points de rapprochement d'abord, dans l'urgence. Mais c'est par du fil de suture qu'elle s'est finalement tissée. Qu'elle s'est réparée. Des points fondants. Lui. Moi.

«Ne pas savoir si le *sniper* allait tirer me rendait forte, baveuse… En espérant secrètement que, si j'étais abattue, le tireur serait gentil et vise ma tête. Un jour, début septembre, juste avant ma fuite, il avait tiré deux fois à côté de moi, et c'était pire. Des éclats de terre et de fer avant le bruit.» Elle savait depuis longtemps que les soldats solitaires postés sur les toits et dans les clochers étaient des tireurs d'élite. De prouesse.

Elle entendait aussi les coups de feu au loin. Ironiquement, c'est toujours bon signe de les entendre. «Je savais même distinguer une balle perdue de celle qui touchait un corps… par le son sourd qu'elle faisait quand elle frappait les chairs, et par les cris, surtout, qui suivaient la détonation.» Les cris des autres, les cris des témoins. Pour les victimes de *snipers*, la balle de métal précède toujours le bruit. C'est comme l'amour, se dirait-elle plus tard : il arrive lui aussi quelques dixièmes de seconde en avance sur ce qu'on a perçu. Juste assez décalé.

Je la trouvais chanceuse quand elle évoquait ses histoires. Empesée. Je la trouvais vraie. J'aimais l'écouter sans broncher, comme si c'était juste normal, mais plus vivant. Un jour, elle m'avait raconté, assise sur le lit, le mythe de la caverne de Platon. Sur l'apprentissage de la connaissance. Elle avait complètement changé l'histoire, peut-être qu'une partie du fond tenait, mais toute la suite avait été transformée, transposée au XXIe siècle. Même si je connaissais la version originale, j'avais préféré la sienne. Depuis *Casablanca*, je détestais toutes les histoires d'amour. Parce qu'elles sont mensongères.

Elle n'a jamais récolté ses trois citrouilles mûres au début d'octobre parce qu'elle a fui la Yougoslavie juste avant, à travers la forêt, aidée par un réseau de complices achetés à une armée de défense aussi improvisée que l'autre. Quatre jours de marche et de cachettes pour franchir sept kilomètres. Et quelques heures ensuite avant de rejoindre la France et d'atterrir chez une cousine de sa mère, à Paris.

Elle n'aurait jamais récolté ses trois citrouilles de toute manière parce qu'un tireur embusqué dans un clocher, posté à moins de trois cents mètres, les avait fait éclater pour s'amuser, têtes humaines orange foncé, un matin froid d'octobre.

Durant ma jeunesse à la campagne, je tirais aussi avec une carabine à plomb Crossman sur des citrouilles d'Halloween ramollies par les gels de novembre, en prétendant qu'elles étaient les monstres de *Ghostbusters*.

Notre différence tenait dans ces détails-là.

J'ai beaucoup plus existé à travers elle qu'à travers moi. C'est un défaut, comme d'autres ont des défauts de langue. Mais elle ne le dirait jamais. J'ai souvent voulu lui dire combien elle avait compté. Peut-être le savait-elle. On avait parlé de vœux il y a quelques semaines. Quand on a vécu la guerre, je présume que l'on comprend plus de choses que les autres. Sans devoir absolument tout nommer.

Et pourtant, c'est le contraire, m'avait-elle déjà dit : « Les choses qu'on sait très fort fragilisent toutes les autres qui ne sont pas des certitudes absolues. »

On s'efface tous un jour du regard de quelqu'un. Quand ça fait mal, je suppose que c'est comme si on se faisait enfoncer les yeux dans le crâne avec les pouces. Le souvenir persiste et devient brûlant. Ça coule. Et un jour ça coagule, la première douleur disparaît. Et puis on se souvient d'avoir vu et c'est ça qui fait vraiment mal.

Elle n'était jamais inquiète. Elle aurait eu des milliards de raisons de l'être. La première étant nous deux. Moi surtout.

Le soir où elle est tombée enceinte.

Elle parlait depuis plusieurs minutes, et je ne l'écoutais pas. Je devinais qu'il y avait des sons, mais je n'en étais pas certain. Chaque nouvelle fois, je revoyais toutes les autres où je n'écoutais pas. Un réflexe de survie?

Pourquoi? Je voyais ses lèvres bouger, et tous les muscles de son visage qui s'activaient. Les sourcils en circonflexe quand la bouche s'ouvrait grand, ou qui fronçaient quand ses lèvres se serraient. Elle avait dit à quatre reprises qu'elle m'aimait. Quatre fois de suite. On ne s'était même pas encore embrassés. C'était notre deuxième rencontre. «Je sais, c'est tout.» J'aurais pu la penser folle. Ou trop facilement amoureuse comme d'autres. Je me serais trompé.

Elle venait tout juste de me raconter *Docteur Jivago* au complet. Je voyais Julie Christie, Geraldine Chaplin et Omar Sharif. Elle avait fait un petit ventilateur avec du papier à cigarette pendant qu'elle parlait. De ses habitudes de l'Est, elle avait gardé celle de rouler son tabac. Elle ne fumait plus depuis trois semaines, mais elle avait encore du tabac et du papier. J'écoutais sans parler. À la fin de l'histoire, quand Jivago meurt, elle avait dit : «Je dois avoir les yeux qui pétillent.»

J'ai compris qu'elle voulait m'embrasser. Elle avait la bouche entrouverte. Vision tunnel. «Je ne pourrai pas freiner mon élan très longtemps.» Elle souriait. Ce n'était pas une question. Pas une demande ni même une offre. On était assis sur une banquette de *diner* à Jersey City, elle avait quitté son côté pour venir s'asseoir près de moi et me dire quatre fois qu'elle m'aimait. Nous étions deux du même côté d'une banquette pour quatre. Elle était allée trois fois aux toilettes pour vomir. «La nervosité.» Elle semblait pourtant tellement calme. Contenue. Je croyais que c'était l'iode dans les oursins. «Ça vient de mon père, à ce que ma mère m'a dit, je ne l'ai pas connu, on est nerveux et on ne le sait pas jusqu'à cet instant où tout l'estomac fout le camp... un truc génétique. Je me sens bien... c'est juste que tout ce que j'avale doit ressortir. Alors je sais que je suis nerveuse, comme en ce moment. Heureuse et nerveuse.» Pause. Elle a inspiré. Puis expiré : «Ça va mieux.»

On a pris un taxi jaune. C'était simple. On va ensemble quelque part. C'est tout.

Elle était forte exactement à l'endroit où j'avais des faiblesses. Elle avait donné l'adresse de son appartement au chauffeur. J'avais tenu sa main en serrant trop fort. Elle avait tenu la mienne doucement. Elle savait quelque chose qui ne s'était pas encore rendu à moi.

Et moi qui croyais encore la semaine précédente, juste avant de la connaître, que je ne vivrais toujours que dans l'attente de l'amour. C'est confortable l'attente. C'est d'ailleurs le seul endroit d'où je sens la vie. Dans l'expectative. Projeté ailleurs.

Hier. 24 décembre. 16 h 51. Jersey City.

Elle est sortie de l'appartement après moi. Je l'ai regardée verrouiller la porte de merde trop légère, que j'aurais voulu blindée, de ce *public housing* de merde du New Jersey. On a pris l'escalier parce qu'elle préférait le mouvement. Elle ne prenait jamais l'ascenseur. «Y a des escaliers!» qu'elle criait, toujours heureuse quand elle trouvait du regard les sorties de secours. J'ai ouvert la porte et je suis passé devant elle sur la première marche de l'entrée. Ma mère a fait quelque chose de bien avec moi: non seulement je considère les femmes comme au moins mes égales, mais dans certaines circonstances je reprends mon rôle de protecteur, comme celui qui marche côté rue sur le trottoir ou celui qui passe en premier dans une descente d'escalier. Juste au cas. Branka était enceinte, presque à terme, on ne sait jamais. La naissance était prévue pour le 27, trois jours plus tard.

Le hall d'entrée était sombre. Des milliers de feuilles de papier au sol, une mosaïque. JC Penny, Macy's, Walmart, Costco, Staples. Des casiers postaux avec une petite ouverture vitrée au-dessus d'une serrure numérotée. Un plancher en terrazzo. Une odeur humide et fraîche. Deux portes de verre et d'aluminium terni. J'ai retenu la porte avec le bout de mon pied. J'attendais qu'elle sorte. Moi ensuite. Les mains dans les poches. Les mains dans les poches. Les mains dans les poches. Branka m'a frôlé et est sortie la première.

C'est de dos que je l'aurai vue vivante pour la dernière fois.

On était le 24 décembre 2009. 16 h 52. C'est ce qui serait écrit sur le rapport de police. Dehors la neige, fraîchement empilée. Pelletée aussi au fur et à mesure. Les adultes qui ne voient pas de neige souvent en font une névrose. Ils épandent le sel à l'annonce d'une dépression, avant même la chute. Beaucoup de flocons pour cet État habitué aux tristes hivers vert pâle et secs de la Côte Est. Une lumière de réverbères étrangement blanche pour la ville. Il faisait soir.

Coin Montgomery et Florence Street, au New Jersey. Devant un parc avec des jeux d'enfants hivernés.

J'ai vu sa tuque bouger avant d'entendre le son. Je ne sais pas si j'ai entendu le son. Mes oreilles, ma tête entière sillaient. Un son d'appareil en dérangement. Entre deux postes. Une erreur. Le bruit d'un élastique qui pète, il me semble. Deux cents décibels d'un seul coup. Un seul son. Mais je ne suis pas certain. Il me manque une fraction de seconde. J'ai dû cligner des yeux.

Elle est tombée, projetée vers l'avant. Séparée de sa conscience. La grâce qui donne de la contenance à la vie n'y était plus. Le son de sa tête frappant violemment le trottoir. Il me semble, parce que j'avais les oreilles paralysées. Et tout ce sang qui s'écoulait plus lentement que je ne l'aurais imaginé. Liquide et lent.

Comment un si petit trou pouvait-il faire autant de dommages? Une excuse maladroite. Figée. Au milieu d'une ellipse, la fin. Une fin. Surtout pour elle.

L'enquête préliminaire aura conclu à une balle perdue. J'aurais préféré qu'elle se fasse transpercer la tête par un météorite un soir d'août. Tuée par des perséides. J'aurais cru à plus grand. Il en a été autrement.

Jersey City est la ville la plus meurtrière de l'Est américain. Normal que des balles s'y promènent sans but. J'avais toujours pensé que les événements qui avancent en ligne droite sont forcément plus justes que ceux qui zigzaguent. La veille de Noël 2009. Branka avait vingt-neuf ans.

Après la mort de Branka, j'ai marché toute la soirée, du New Jersey à Brooklyn, dans vingt centimètres de neige mouillée, sans égard aux flaques d'eau. Des fois, j'en avais jusque par-dessus les chevilles. Je suivais les milliards de pas déjà inscrits dans la neige sur les trottoirs et les intersections. Marcher, comme seule preuve d'intelligence. Avancer. Pour contrer les sirènes et les alarmes internes. Je croyais que toutes ces empreintes de bottes et de souliers savaient où elles allaient. Mais la vérité, c'est que ces traces ne savaient aller qu'où leurs pas les avaient déjà menées. Pour la plupart devant une télé ou dans un lit. Braves et dociles consommateurs. Silencieux. On vous dit quoi manger, comment vous habiller et on vous dit même quoi penser. Tout ça sous des auspices de gratuité, de faveurs, de normalité et de divertissement. Le choix est simple. On n'improvise plus.

Je me suis promis, entre autres, de refuser l'amour sous toutes ses formes. Toutes. Même les plus sincères. C'était juste avant l'alcool. Pas de colère ni d'étapes de deuil avec déni ou incompréhension. Pas plus de phases forgées par des psychologues ou des philosophes qui n'ont rien vécu mais tout compris de leurs livres. Rien n'aurait pu m'aider. Juste vidé. D'un seul coup. Tari.

Je ne sais pas comment j'ai fait pour être amoureux. C'est rien de moins qu'un miracle parce que c'est ce dont je me serai le plus méfié. Surtout de la tendresse, justement, de son effet désinhibant avec les années. Un sourire, un regard, un geste, une main, un toucher.

Branka pleurait toujours comme en apnée. Elle retenait son souffle, puis des sanglots sortaient. Déboulaient plutôt. Forcés. Comme cet air qu'on reprend violemment après avoir passé quatre-vingt-dix secondes sous l'eau. Des larmes. Une chute de mots. Et des silences. Le temps de recharger.

Dans le meilleur des cas, je mettrai plusieurs années à comprendre, ou accepter, que des larmes puissent surgir pour d'autres raisons que la douleur. Quand c'est ailleurs, pour moi il y a un problème. Des fois, quand on faisait l'amour, elle pleurait. J'ai d'abord eu peur. Il faut généralement aider les gens qui pleurent. Même quand ils ont un trou de bonheur au centre du corps. Je croyais que l'eau qui coule des yeux, c'était comme le petit bidule rouge des lieux publics qui déclenche l'alarme de feu. On n'y touche que dans l'urgence absolue de faire venir les pompiers. Jamais de fausses alertes. Ma mère m'avait appris qu'on pleurait seulement quand ça n'allait pas. Pas pour rien. Surtout pas par bonheur. L'association était faite. L'ignorance des grands sentiments.

Je fais le vœu de ne plus être amoureux. Juste un peu de tristesse pour les cinquante ans qu'il me reste, techniquement, à vivre. Sans aucun cynisme. Peut-être pas ma nature, mais c'est celle que je m'impose. Même plus une décision, c'est devenu un sentiment auquel je crois. Qui durera quelques années.

Branka : « La statistique de l'espérance de vie m'écœure parce qu'elle ment. On ne ment jamais pour mal faire, mais dans l'espoir de se protéger de la vérité. Ou de s'en approcher hypocritement. »

Entre les fois où elle disait « je me sens moche » et où je répondais « t'es belle », il y avait elle. Juste là. Elle affirmait qu'elle m'aimait, avec un surplus dans les mots, parce que j'étais comme un enfant dans une vie d'adulte : « Quand un homme baisse la tête en serrant la main d'une femme qu'il rencontre pour la première fois, ça veut dire qu'il est très attiré par elle et disponible. » Des signaux de fumée. Rouge.

Elle ne dirait plus rien. Affalée, lourde de ce gros ventre plein d'un enfant, sur ce trottoir comme quand Jivago meurt, face au sol, dans un autre siècle. Avec encore mon sperme en elle. Elle avait été plusieurs fois dans la visée de la lunette grossissante d'une arme à feu, elle avait évité tant de projectiles de tireurs solitaires, destinés à tuer pour leur guerre de foi, et elle s'est retrouvée sur la trajectoire d'une balle perdue dans un pays en paix. Je n'y vois aucune ironie. Ni même la plus stupide des coïncidences. C'est ainsi. Ça m'apprendra à aimer quelqu'un qui m'aimait aussi.

J'aurais voulu lui prendre la tête par-derrière et la pousser contre ma bouche, l'embrasser une autre fois comme dans le lit, sauvage et tendre. Un baiser forcé, plus fort, un peu imbécile.

Tu crois que c'est vrai, Branka, qu'une fois qu'on n'a plus rien à raconter, on meurt ?

Chacun lit son livre, bien que ce soit le même titre pour tous. C'est le jeu du «masque»: tout le monde se croit plus malin que son prochain. C'est pour ça que des gens se font bourrer, que d'autres sont riches ou qu'un contrat invisible a été signé. Je vous mens à tous et je crois que vous ne le voyez pas. Et vous ne dites rien. On l'accepte. C'est la première règle du jeu. Souvent le masque est aussi, sinon plus, intéressant que le véritable visage du quotidien. J'imagine que c'est pour ça que le théâtre et la fiction existent. Au-delà de soi. De nous.

Tout le monde est persuadé qu'O. J. Simpson a tué sa femme et l'amant de celle-ci. Mais il s'en est tiré et personne n'en fait plus cas. Parce qu'on n'a pas eu suffisamment de preuves. Avec un couteau émoussé en plus. Une boucherie d'amateur. Chacun lit son livre et veut y croire. Le jury l'a cru. Tout est dans la preuve. Il existe des petites vérités comme des petites justices. Je me sers des grandes Justices, protocolaires, pour me faire sourire, les jours où je suis triste.

J'étais donc un témoin important. Les voisins me connaissaient. Il y avait beaucoup de sang. Je ne sais pas pourquoi je n'ai pas pensé à *Kamouraska* sur le coup, avec tout ce rouge sur la neige. Anne Hébert, Boris Pasternak. Des chevaux au galop, un traîneau sur une route enneigée, un blizzard, un homme qui saigne comme un cochon piqué au cou ou blessé au ventre et qui laisse des kilomètres de son sang tracés sur l'hiver blanc. Il s'enfuit. Il n'ira nulle part. Il fuit de l'intérieur. Quand on saigne pour mourir du dedans, on ne va jamais loin dans l'histoire, à moins d'être une victime importante. Alors on peut devenir un souvenir ou un fantôme autour duquel on fera quelques tours. Comme la lune.

Peut-être que je n'y pensais pas parce que c'était une femme que j'aimais. Souvent l'évidence me fait défaut. Beaucoup plus souvent que je ne l'aurais souhaité. Il y avait aussi juste pour elle que j'aurais maigri, que j'aurais attrapé une maladie rare, que j'aurais donné ma moelle ou que de toutes mes forces j'aurais été en rémission. Je le sais maintenant.

Sur le coup de feu, dans la seconde, j'ai su quels gestes poser, par instinct, un casse-tête à mille morceaux en quatre-vingt-dix secondes. On croit rester sur place, mais c'est sur l'axe vertical qu'on se déplace. On stagne sur les mêmes coordonnées terrestres de latitude et longitude, mais on s'élève plus haut et plus loin encore que le noir du ciel. X, Y, Z.

Branka en juin : « La mort nous berce et nous agresse par sa culture. Et elle est savante. » Je n'avais pas répondu. Peut-être lisait-elle à voix haute. Nous étions étendus tous les deux sur le lit. Elle croyait que je dormais.

Les rues étaient sommairement déneigées. Les trottoirs toujours blancs. Les feux de circulation fonctionnent même quand il n'y a personne aux intersections. J'ai vérifié. Avec la même constance que les marées et les grandes idées. J'ai vérifié aussi.

Tu es morte, Branka. J'ai encore du sang, ton sang, en forme de U au bout de mes doigts. Il a séché là où la peau recouvre l'ongle. D'abord c'est collant.

Ensuite ça s'effrite. Et même après plusieurs lavages à l'eau chaude dans un lavabo Gerber blanc, les U sont toujours là. Ça voudrait dire quoi, le U? Est-ce que je dois trouver un mot qui commence par U, ou bien c'est comme au Scrabble et tout ce qui vient avec la lettre peut donner des points? Tout va vite. Il faudrait que je m'arrête.

«Certaines ancres ne toucheront jamais le fond de rien. Ou alors il sera trop tard.» Branka, encore en juin. Elle chantait en français avec un accent de chansonnier des années soixante.

Hier. Trottoir. Morte. Elle souriait et j'avais peur. C'est toujours suspect, quelqu'un qui sourit tout seul. Quand je l'ai retournée, je jure qu'elle avait un sourire sur le visage. Elle était en suspension sur son ballon de ventre. Un sourire comme celui après l'amour. Apaisé. Les yeux ne servent plus à rien. Un moment.

Je lui ai retiré sa tuque. Une tuque bleu marine, avec le sigle blanc des Yankees de New York. Ma tuque à moi. Un trou. Je l'ai gardée dans ma poche. Du sang encore collant.

C'était un sourire ou de la douleur? Il ne faut pas faire ça. Je n'ai plus regardé. Les yeux ouverts. Je l'ai embrassée, moi les yeux fermés, sur son nez froid. J'ai tiré sur sa chaîne en argent au bout de laquelle pendait une croix. Elle a cédé facilement. C'est toujours l'attache qui cède.

Le mystère d'être deux. Le mystère mystérieux d'avoir été deux. On n'a jamais vraiment rencontré

quelqu'un avant d'avoir eu des attentes ensemble.
même temps. Ou des espoirs. Ensuite, c'est risqué. Et
ça restreint les probabilités d'avoir plusieurs vrais amis.
Parce que les vrais amis, c'est comme des pommes
gelées sur un arbre en hiver, il y en a si peu, elles
tombent. C'est bien fait, malgré nous.

Une fraction de seconde. Comme un trou noir. Pas
le vide. Son contraire. Une densité de tout ce qui peut
exister en même temps.

Tu pensais à quoi?

T'as eu le temps de savoir que c'était fini?

T'aurais hoché la tête.

T'as eu le temps d'avoir mal sur le trottoir où t'es
tombée? Ou est-ce que c'était aussi confortable qu'un
oreiller? J'aime l'idée du duvet.

Le mystère d'être deux. J'ai agi vite. Là où le sang
a touché la neige, il l'a fait fondre un peu avant de
coaguler. Une légère dépression comme quand on
pisse sur la glace nue d'un étang en décembre. Et
comme quand on dépose la tire d'érable sur la neige
de mars.

Je me suis relevé et suis parti quand les sirènes sont
apparues. Le son peut apparaître comme des lumières.
Les mains dans les poches toujours, d'abord d'un pas
rapide et puis d'un pas régulier. Disparaître comme
un homme générique. Comportement conforme à
l'attente sociale. À vitesse normale. Tous ces gens
que j'ai croisés ont dû supposer que j'avais le même
rythme qu'eux. Un autre homme anonyme, comme
les milliards de stèles de cimetières qui nous réduisent
à deux dates depuis des siècles. L'intérieur à feu et à
sang, la façade intacte.

Le rapport de police dira qu'il y avait forcément eu quelqu'un avec elle au moment où elle avait été tuée parce que le bébé, vivant, avait été sorti de son ventre avant l'arrivée des ambulanciers.

Branka et moi, on n'a jamais vraiment été un couple comme ceux qui aiment s'afficher. Ça faisait à peine quelques semaines qu'on se connaissait quand elle· m'a dit qu'elle était enceinte.

«De moi? j'avais demandé.

— Certainement pas du Saint-Esprit», elle avait simplement répondu.

Elle était catholique de naissance, ce qui est parfois suffisant pour être en guerre. En Amérique, on oublie souvent le poids d'un état religieux parce que nous sommes anesthésiés par le divertissement.

Elle était un aide-mémoire. Oui, oui, que je me répétais plusieurs fois de suite pour y croire un peu plus : on vient d'un monde formé et déchiré par des croyances. On l'oublie. Surtout ici, dans les États qui ont le luxe de réfléchir, riches et scolarisés. Les pays jeunes n'ont pas encore de mémoire. Ça vient plus tard dans l'histoire. Pour l'instant, l'Amérique ressemble à un petit enfant gâté. Naïvement.

J'aime l'idée du Saint-Esprit. Une caméra de surveillance avec un pouvoir patent. «Si tout se déroule comme prévu, le XXIe siècle ne sera pas religieux, il sera chimique. Une pause très longue dans la mythologie chrétienne. Et même avec beaucoup de maquillage, on verra les rides.» Branka adorait le pain aux raisins, elle en mangeait tout le temps depuis que je la connaissais. «Un luxe quand il y a la guerre ou qu'on est pauvre. As-tu déjà eu vraiment faim?» elle avait demandé.

Tout se peut. Je le sais maintenant.

Avril 2009. Branka et moi.

On s'était rencontrés à Pâques, à Montréal, pour les fiançailles d'amis communs. Elle connaissait la fille – une Croate qui étudiait à McGill –, je connaissais le gars – un collègue d'université à moi. J'étais debout à parler, ou à écouter quelqu'un plutôt. C'est ma force, l'écoute. Surtout la mémoire. Je ne parle presque jamais et ça impressionne les gens. Ça me donne un pouvoir. Le bénéfice du doute. Je ne dis pas un mot pendant plusieurs minutes et les gens me regardent d'un air bizarre parce que je ne réponds pas à leurs sottises ennuyantes de travail, de projets, de restaurants, de musique, de famille ou à propos de la soirée des Oscar. Je préfère parler de météo quand il faut dire quelque chose.

Elle était apparue sans détour, et sans préméditation. Un sourire simple. Ses yeux. Une envie subite. Intelligente. Sincère et rare pour un homme.

Elle avait juste dit «Branka» en tendant la main.

Elle respirait vite. Essoufflée. Puis, après quelques longues secondes: «J'ai des palpitations à cause de ma patch de nicotine.» Elle essayait d'arrêter de fumer depuis quelques semaines.

On ne choisit pas ses attirances. On ne choisit pas ses attirances. Le dit-on assez? Ce sont elles qui viennent à nous par une force qui leur est propre. On ne choisit pas ses attirances.

Elle avait été attirée. Moi aussi. Autant par la tête que par le ventre. Je n'avais d'abord rien compris. On se fait une idée de ce qu'on veut, de ce qu'on aime, et puis tout d'un coup l'idée qu'on s'était faite n'est plus qu'un petit amas de cendres fragiles et sans poids. Je l'imaginais grande, forte, grave, les épaules vers l'arrière, la tête haute, rousse, les doigts minces, le teint pâle, les yeux clairs, félins. Elle était moyenne, brune, un peu bronzée, un long cou, les yeux foncés, grands. Et souriante. Quand elle écoutait, on voyait ses dents du haut, la bouche à peine entrouverte.

C'est dans les détails qu'on trouve la beauté. Les tout petits détails.

Le bon sens et la vérité n'empruntent pas toujours les chaires des églises, des synagogues ou des mosquées. Heureusement. C'était vrai, cette journée de printemps, quand j'ai rencontré Branka pour la première fois, le Vendredi saint 2 avril.

Dès lors, je me suis cru fixé. Même si j'avais dix ans de plus. J'allais aussi me marier un jour, fonder une famille, acheter une maison, un chalet. Une vie propre, pas encore entièrement tracée, mais une route déjà défrichée. Et j'allais faire comme les premières générations d'immigrants dans un nouveau pays : éloigner de moi et des miens tous les efforts de survie par des années de sacrifices et de travail, au nom de l'avenir des enfants.

Les balises du confort. Quand elle était fatiguée, surtout le matin au réveil, elle était cynique. « La vie est généralement simplifiée par des attentes sociales faciles à prévoir et à combler. On vous demande d'être deux, de vivre ensemble, d'avoir une hypothèque, un chien, une voiture. Et des projets. On se fait implanter les illusions dès la petite enfance, dans les contes surtout, par un complot que l'on entretient, comme des complices incompétents, et dont le sens même nous échappe. On travaille la semaine et on achète des trucs le week-end. Pour s'améliorer. L'évolution ne s'anticipe pas, elle est juste là immobile, dans le parking d'un centre commercial. Ou affichée sur la marquise d'un commerce. Ou comme le Big Bang, dans les heures d'ouverture des magasins, en expansion.»

Puis des choses se produisent.

Le coup de feu.

Il n'avait pas eu d'écho. Assourdi par la neige et l'humidité, comme le sang, imbibé. Avant même que sa tête ne touche le sol, je savais que j'allais avoir besoin de mon canif de l'armée suisse. Elle saignait tellement. Ça coulait lentement, mais il y en avait des litres, accumulés dans une flaque opaque et luisante. Il y en avait beaucoup, c'était impressionnant. Je l'avais retournée sur le dos. Un regard autour, personne, pas de bruit. Des voitures au loin, il faisait noir. Seulement mes bruits. Un baiser sur son nez. Il m'a semblé entendre un chien aboyer. J'ai ouvert son manteau en suède qu'elle avait trouvé dans une friperie. J'ai relevé le bas de sa robe violemment et j'ai baissé les leggings en tissu extensible le plus bas possible. J'ai coupé de gauche à droite, je suis droitier, sans vraiment me soucier de la ligne. J'ai pesé très fort d'abord pour fendre la peau. La suite s'est faite toute seule. Ça saignait quand même pas mal. J'ai pris soin de ne pas pousser trop loin la petite lame en inox pour ne pas le blesser, lui.

Lui. J'ai tiré très fort d'une main sur ses épaules en retenant sa tête, du devant. À travers les vapeurs.

C'était brûlant. J'ai pincé le cordon avec une *bobby pin* de Branka en pliant le métal comme une boucle. J'ai coupé. Il a mis quelques secondes avant de pleurer, il a d'abord été bleu avant d'être rouge, gluant, couvert d'une couche de glaire protectrice. Il a ouvert les yeux et il a crié. Il s'est oxygéné, puis est devenu rose en quelques secondes, à partir des poumons. C'est peut-être d'ailleurs au milieu de la poitrine que se trouve la vie, pas dans la tête. J'avais coupé le cordon en disant : «Allô, bienvenue, mon petit coco, joyeux Noël.» J'ai coupé les deux bretelles de la robe et j'ai mis le bébé sur ses seins chauds et pleins. J'ai refermé le manteau en boutonnant rapidement. Les sirènes au coin de la rue. Les lumières qui s'approchaient. Quelqu'un avait dû appeler le 911. Je me suis relevé, j'ai tourné le dos et je suis parti en marchant d'abord d'un pas rapide sans jamais me retourner. Puis d'un pas normal et sans reproche.

Les journaux ont dit qu'il n'y avait eu qu'un seul coup de feu. Et deux ambulances. Branka était morte.

Le bébé avait survécu.

Je me suis rendu jusqu'à Brooklyn. Deux rivières entre nous. Je me suis arrêté un moment sur le pont de l'East River. Des reflets de lumières sur les vagues. Hypnotisants. C'était sombre, mais je voyais que ça coulait vers le sud. Vers la mer. Je trouvais le courant de l'eau apaisant. Il y a des gens qui se jettent en bas des ponts. Jamais compris.

Et j'ai marché encore jusqu'à la terre ferme. Je suis entré dans un *Deli Store*, coin Scholes et Graham. Sur tous les écrans de télé que j'ai croisés sur mon chemin depuis le New Jersey, même sur celui géant de Times Square, et sur tous les postes de radio, à Manhattan comme ici, probablement partout dans le monde, on ne parlait encore que de cet homme en orbite. Le premier terroriste spatial de l'histoire, disait-on. En boucle, les images d'un homme qui met son casque en marchant, gros plan sur le drapeau tchétchène brodé sur son épaule. On le voit qui entre dans un sas de fusée. Des voix. Des prévisions, des graphiques d'orbites. Une télévision surexcitée. Stroboscopique. L'astronaute allait mourir dans quelques heures. *Breaking news*.

J'ai regardé les kiosques à journaux du *Deli* comme si ce qui venait d'arriver à Branka pouvait déjà s'y trouver. Sa mort à elle sera toutefois éclipsée par celle d'un autre. Plus spectaculaire.

Deux hommes sont entrés derrière moi tandis que je regardais les viandes froides dans la vitrine réfrigérée. L'un d'eux criait à quelques centimètres de mes oreilles : «I hate winter 'cause there ain't no fucking baseball and I love fat butts.» Le commis lui a dit poliment : «Sorry sir but I have a customer here», en parlant de moi et voulant ainsi le faire taire. Le gars qui criait seul a simplement répondu : «Doesn't matter that you have a customer, I still love fat butts.»

«Turkey breast», j'ai dit quand le commis a recroisé mon regard en levant les yeux et les épaules en même temps. Un commis indien-pakistanais-sri-lankais-tamoul comme des milliers d'autres qui m'a demandé quelle sorte de sandwich je voulais. Dans le monde où je vis, je ne rencontre les Indiens-Pakistanais-Sri-Lankais-Tamouls que dans les *corner stores* ou quand ils sont au volant d'un taxi. Ce sont toujours des hommes. «Yes, turkey», c'est Noël après tout, et d'où je viens on mange de la dinde. «Yes, on a roll.» Je devais avoir une tête d'affamé. «Yes, with everything, lettuce, tomato.» «Yes, of course, American cheese.» J'ai payé. Il s'est reculé, s'est assis sur un tabouret et il a fixé la télé derrière moi, posée sur le dessus du frigo de lait, de bière et de Gatorade et de Vitamin Water.

Tu crois en quoi, toi qui viens d'un pays qui a vingt heures d'avance sur l'heure d'ici? Comment on se sent, le soir où on fête la naissance d'un homme dont vous n'avez rien à foutre? Vous achetez aussi des milliards de cadeaux inutiles?

Est-ce que vous savez aimer dans vos beaux pays chauds, chaotiques et lointains? Vous vous dites la vérité, ou bien il y a aussi une industrie du mensonge qui recouvre tout?

Son sandwich goûtait le cari. Ou le cumin surtout. Je n'ai jamais été capable de me rappeler les cinq épices qui composent le cari. Il n'a pas prononcé un mot quand je lui ai dit en lui tendant l'argent que la femme que j'aimais venait de mourir, quelques heures plus tôt. Je ne me souviens pas si j'ai parlé en anglais ou en français. J'avais les pieds mouillés. Et là je mangeais un sandwich à la dinde. Ils rajoutent du cari dans la mayonnaise blanche et sucrée d'usine américaine. Il m'a répondu en souriant maladroitement – c'est ce qu'on montre aux immigrants dans ce beau pays – que j'avais droit à une canette de Coke gratuite. J'ai pris le Coke. Le même rouge que sur mes ongles, peut-être un peu plus pâle. J'avais encore les doigts qui sentaient le bébé. Pas l'odeur des couches propres et parfumées ou du talc. Celle des entrailles.

Comment je fais? Une douche? Un bain?
Comment la distance s'installe-t-elle?
Branka?

Branka grimpait sur toutes les églises qu'elle croisait depuis qu'elle était enfant. Pas très haut, mais chaque fois elle essayait. Elle longeait les murs quelques mètres et elle redescendait. Au début j'étais gêné. Quatre ou cinq mois plus tard, même avec son ventre qui gonflait, elle continuait et ça me faisait sourire. Une église, une escalade. Simple. J'étais jaloux. Elle aimait les immeubles, l'architecture. Elle refusait l'intérieur.

J'imaginais que toutes les femmes enceintes voulaient qu'on touche le bébé à travers leur ventre. Pas elle. Tendrement. C'était à elle parce que c'était dans son sein. Comme un fantasme ou une pensée. On ne touche pas aux prières.

J'ai commencé à l'aimer le jour où elle a soutenu mon regard longtemps. C'était en mai. Elle était enceinte de cinq semaines. Je lui avais dit que ses seins étaient plus lourds. «Tes seins ont grossi.» Elle a souri et m'a regardé plusieurs secondes.

J'ai un fils. Je serai dorénavant libre d'être asservi à ma propre soumission parce que je l'ai moi-même mis au monde. Délivré.

« Tu crois vraiment que l'amour serait un ensorcellement où la perte de soi s'effectue au profit d'un autre ? » Nous marchions dans l'Upper East Side à la fin du printemps. Nous cherchions un lit de bébé. Je m'étais demandé jusqu'à quel point on peut bouleverser l'ordre établi quand on change quelques données, sur le droit de vie ou de mort d'une autre personne.

« Tous les hommes naissent égaux. Peut-être. Mais tous les hommes vivent et meurent avec tellement d'inégalités. » Elle avait soupiré et fait non de la tête à travers le bruit de la ville, en passant devant l'édifice des Nations Unies. Sans même regarder. « C'est un immeuble magnifique, mais ils ont oublié de mettre des cloches. » Toujours sans regarder.

Il y a toujours des sirènes à New York. De Brooklyn au Bronx, de Harlem à la statue de la Liberté, il y a toujours une voiture de police qui répond à un appel de détresse. À chaque heure et chaque minute du jour et de la nuit. C'est difficile de ne pas ressentir de culpabilité quand le présent social est hurlé par des voitures en trombe à toutes les heures possibles.

Après avoir avalé mon sandwich, je suis entré dans un *Wine & Liquors*. J'avais ôté ma casquette. J'ai pris une bouteille de Jameson parce que j'ai du sang irlandais. En Irlande, dans un pub ou un bar, on doit impérativement retirer son couvre-chef. Autrement on se fera tabasser.

Pour la première distance, j'ai choisi l'alcool.

Et puis j'ai perdu l'heure. Je me suis réveillé dans ce qui ressemblait à une maison improvisée. Très sombre. Un ancien garage de mécanique automobile, abandonné. Ce qui avait été un stationnement était maintenant une cour à déchets. Je rêvassais, confus, au ventre plein de Branka. La porte était isolée avec des vieux journaux qu'on devinait de l'intérieur à travers les craques des planches. Le toit, qui avait dû couler, était une courtepointe de tôle, de bardeaux d'asphalte, de goudron et de morceaux de bois sans valeur. Une maison aussi.

Sᴀʀᴀʜ ᴇᴛ Hᴇɴʀʏ.

Ils sont en couple depuis 1961. À travers crises, guerres et modes, le temps les a usés normalement. Il y a longtemps qu'ils ne s'aiment plus comme sur une affiche, mais plutôt comme dans la vraie vie. Celle qu'on vit, pas celle qu'on évite en allant à la messe ou en regardant la télé. Ils ont tourné le dos à leur société. Ils ne vivent de rien. Ils ne s'aiment pas avec plus de bonheur parce qu'ils ont voulu éviter les lois de la consommation, mais parce qu'ils y croient ensemble. À deux. Collés.

La chaleur récupérée des sécheuses d'une buanderie-laundromat voisine chauffe la pièce. L'eau provient de la pluie en été ou de la condensation des climatiseurs de l'immeuble voisin. La lumière vient du ciel à travers des panneaux en fibre de verre, ou d'une chandelle quand ils en trouvent. Les murs en blocs de ciment gris. Une vieille télé Clairtone est leur unique contact avec nos années modernes. Branchée à même la boîte lumineuse *Emergency* de l'ancienne enseigne de sortie de secours. Le réseau ABC rentre bien. J'ai d'abord cru, aux voix, que c'était la radio, mais c'est en fait une télé qui n'a plus d'image. Que du son. Une télé pour aveugles.

On y faisait, en boucle, le récit exalté d'une catastrophe : une émission spéciale sur cet astronaute russe, Stanislas Konchenko, en marche seul dans l'espace, en orbite autour de la Terre, parce qu'il s'était décroché lui-même de la station spatiale internationale, dans un geste en apparence politique. Un homme en orbite. En sursis. À peine quelques heures d'air. La veille de Noël. À minuit, dans quelques minutes, donc, selon les calculs de réserve d'oxygène, il serait mort.

Sarah et Henry.

Branka avait avalé toutes ses bombes. Sans rien échapper. On était allés voir le film *The Hurt Locker* au cinéma Union Square, en juin, et on avait parlé des choses qu'il faut avaler sans rien dire. Nos blindages ne sont pas tous de la même épaisseur. La menace et les tirs viennent le plus souvent de l'intérieur. Elle croyait que les choses non dites et endiguées se somatisaient en cancer, ou quelque autre maladie grave. Elle avait une politique intransigeante en matière de vérité, comme Jules Renard, une vilaine maladie de toujours vouloir tout dire. Et quand ça explose, il faut juste compter les corps et panser les blessés. Surtout, demeurer avec eux. Elle resterait autant que possible avec ses victimes pour les soigner. Branka et son dispensaire amoureux.

Elle ne voulait faire de mal à personne. Elle a digéré les grenades, les obus, les mines et les roquettes qu'on lui avait envoyés. Si certains se rangent, les évitent ou par réflexe tournent le dos et se cachent les yeux, elle préférait l'implosion. Épargnant ainsi à ses proches l'onde de choc.

C'est la deuxième fois qu'on s'était vus, au *diner* à Jersey City, qu'elle était tombée enceinte. La soirée où elle avait dû aller vomir durant le repas. Je l'avais trouvée touchante. Sensible. Elle avait pourtant l'air calme.

J'avais pensé qu'elle était allergique à l'iode parce qu'on avait mangé des oursins. «Non, c'est les moments présents qui me font ça.» Je ne comprendrai jamais tout à fait ce qu'elle voulait réellement dire. Peut-être avait-elle justement pris la mesure de ce que nous étions.

«Promets-moi de ne jamais me laisser accrocher nos vêtements à sécher sur une corde à linge avec des gros bras gras qui ballottent.» Je lui avais répondu que si on se rendait ensemble jusque-là, peut-être qu'on trouverait ça beau. C'est une des rares fois où j'ai eu raison de répondre ce que je pensais : l'amour d'un homme pour une femme, c'est aussi l'amour du temps et des traces qu'il laisse sur nos corps et ailleurs. Il nous use simplement comme l'eau ou le vent. Dans le bon sens du mot. Une patine.

Je lui répétais qu'il n'y avait qu'un seul drame tragique en Amérique : nos émotions. Les vraies victimes d'un grand malheur sont nos émotions et celles, peut-être, du premier cercle des proches autour de nous. Rien de plus. Pas de groupe, de genre, de race, de règne. Et surtout pas les idées.

Elle sentait le safran, et parfois la mangue. Elle souriait quand on faisait l'amour, les yeux ouverts, elle aimait me fixer du regard, elle réussissait à regarder loin. Ça se voyait. Ses yeux roulaient quand le plaisir devenait intense. Elle était belle à ces endroits. L'impression d'être compris dans un lit vaut plus que tout l'or du monde.

D'autres fois, elle sentait le tabac frais. Juste à la base du cou. Et j'aimais me mettre le nez sous son bras. Je ne cherchais pas l'odeur désagréable qu'on veut cacher, mais celle du désir et de l'envie, comme quand on a soif.

Paraît que quand on aime une personne, un dispositif dans le cerveau atténue le désagréable et le rend désirable. C'est comme ça aussi pour les croyances ? Paraît que l'encens, ça étouffe et ça cause le cancer du poumon. Paraît aussi que quand l'amour est inconditionnel, on tuerait pour protéger l'autre.

L E GARAGE.

Je me suis réveillé couché sur un divan-lit dans un endroit qui sentait l'humidité, la cigarette et le diesel. Je suis comme Harry Potter : je m'évanouis toujours quand la situation devient intense et signifiante. J'ai eu un peu honte. À la télé toujours, une voix d'homme racontait l'histoire de l'astronaute en orbite. Mes idées se sont éclaircies. Tout est vrai. Nous sommes le 24, peut-être le 25 déjà, Branka est morte, j'ai un fils, j'ai bu. Mon téléphone clignote. Du sang sur les mains. Visibilité réduite. C'est Jésus de Nazareth qui devrait être sur toutes les radios et les télévisions aux USA, pas Stan.

Une scène de mauvais collage social. La décoration intérieure chez Sarah et Henry. Une rétrospective sans intention. Ou un *scrapbook* de génie, peut-être. J'ai toujours aimé les marchés aux puces parce qu'ils me rassurent sur l'existence de l'Univers.

Des vieux calendriers empilés au mur. Un crucifix, une photo jaunie de Ronald Reagan, une de Jackie Kennedy sans couleurs, une horloge qui fonctionnait et dont le bruit était rassurant, un parfum d'assouplisseur à tissu, Fleecy ou Bounce, à travers les autres odeurs franches d'humidité et de fuel, un poster de Corvette 59, une vierge en plastique, un chapelet, une balle de baseball, un portrait de Jean XXIII, une photo terne de Farrah Fawcett, autographiée mécaniquement à l'encre noire avec un cœur sous la signature, une photo encadrée d'un jeune soldat en habit de combat, dans une jungle, posant avec son arme, fièrement. Des dizaines de lampes éteintes. Des pelotes de laine et des aiguilles à tricoter.

Une tasse verte dont s'échappait de la vapeur, sur un support métallique, au-dessus d'une chandelle, des plantes partout, un paquet vide de cigarettes American Spirit, jaune. L'odeur de moisissures, mêlée à celle du thé, du tabac et de la chaleur poussiéreuse d'une vieille chaufferette électrique.

Je croyais rêver de bonheur et d'évitement quand j'ai vu Sarah Miller de dos, une robe longue unie, fade. M'est revenu un rêve que je faisais souvent à l'adolescence : je violais une jeune femme hassidique. Et ça commençait toujours comme ça, dans un endroit flou, comme l'arrière-boutique d'une brocante ou d'une pâtisserie kasher de Brooklyn. Je la voyais de dos, elle travaillait debout, penchée au-dessus d'un comptoir, et j'approchais en silence par derrière. Je la prenais d'un bras en crochet par le cou, violemment, et de l'autre je relevais sa jupe. L'intensité du geste confirmait l'intention, sans équivoque. Elle était belle, il me semble, un fichu sur la tête. Je pressais le haut de mon corps dans son dos et je la pliais en deux, face contre une table en bois plaqué. Ses lunettes épaisses toutes croches, écrasées contre son visage plein de farine. Le collet blanc de sa chemise qui dépassait de la veste de laine brune. Des souliers sans talons.

Je déchirais ses bas. Elle ne disait rien. J'écartais sa culotte. Des coutures cédaient. Peut-être quelquefois de tout petits gémissements, si faibles en fait que je n'ai jamais été convaincu à cent pour cent que c'en était. Et ce n'était peut-être pas un viol non plus, puisqu'elle ne criait pas et ne disait rien. Il me semble, par contre, qu'elle pleurait, mais, là encore, je n'ai jamais vu ses larmes parce que je me sauvais tout de suite après l'avoir pénétrée, avant même de jouir.

Sarah et Henry vivent ici depuis 1980. Depuis Ronald Reagan et sa loi antigrève. C'est d'ailleurs pour ça que les gens aiment les républicains américains : le bon sens l'emporte toujours sur le communisme. On l'a vu quelques années plus tard dans l'URSS et Mikhaïl Gorbatchev.

Une maison dans un vieux garage délabré avec des voitures démolies, dépouillées ou simplement pourries par les années. Des déchets partout. Enfin, pas vraiment des ordures, mais des choses difficiles à identifier ramassées sur les trottoirs. Des pots de peinture, des pneus, des jantes, des manches à balais, des chaudières de goudron, des bouteilles de plastique, de verre, une vieille laveuse, une botte, des sacs vides, des sacs pleins, du carton mouillé et des milliers d'autres débris américains achetés et jetés. Et un écriteau : *No parking, 24h active driveway.*

« Ça va mieux ? elle m'a demandé.

— Oui, j'ai dit, mais je n'étais que poli. Ça n'allait ni mieux ni mal. Pourquoi je suis ici ?

— On vous a trouvé, mon mari et moi, assis par terre, vous parliez à une borne-fontaine, juste en face, dans la neige, je crois que vous avez trop bu. » Pause. Une sirène au loin. «Vous voulez quelque chose?»

Pourquoi les gens sont-ils gentils? Pourquoi les gens sont-ils plus gentils avec des inconnus qu'avec leur famille, leurs amis, leur mari ou leur femme?

Henry Kane, le mari de Sarah, est un vétéran du Vietnam. Il a cru et aimé son pays avant d'avoir des maux de cœur. C'est mieux ainsi parce que, quand ça commence par la révolte et qu'on finit par aimer et entretenir cette haine intérieure, on peut rapidement devenir une caricature. «La vraie dissidence vient d'une déception insoupçonnée et d'un désir de réparation.» Branka qui lisait *Le cercle* de Soljenitsyne.

Ça doit aussi valoir pour une déception de foi : sa morale, l'amour, les systèmes politiques, économiques ou religieux. Être invincible est difficile.

«L'amour ne se divise pas.» Encore Branka, en mai. «Il peut se multiplier, s'additionner, se soustraire parfois dans des cas graves, mais jamais il ne devrait se diviser, sa division est injuste, elle l'affaiblit... L'amour, c'est le contraire de tous les pouvoirs.»

Elle aimait beaucoup la musique des Yeah Yeah Yeahs, un groupe de Brooklyn. Elle chantait souvent – elle criait plutôt comme la chanteuse Karen O. – des paroles inventées sur leurs airs : «I'll make you want me», avec un accent français. «I hope I do, turn into you.»

Je suis un homme générique. Sans brevet. Je ne vaux rien de plus pour un autre que la richesse que je peux produire. Ma véritable valeur est de m'acquitter d'un rôle sans trop le comprendre. Pas vraiment comme une ordonnance, mais plutôt comme une foi sans faille. Le pire n'est pas de croire au faux et aux milliers de charlatans qui nous entourent avec leurs théories sur la réincarnation, un au-delà ou un principe tout-puissant à un autre étage, mais bien de ne pas avoir simplement accès à la vérité. Parce que figure-toi, Branka, qu'il y a encore des gens, aujourd'hui, et c'est une belle bêtise, qui croient que les hommes sont plus forts que les femmes. Il y a encore des religions qui affirment que le véritable pouvoir appartient à la parole des hommes. Certains retards ne se rattrapent pas. Le lièvre et la tortue. Tu te souviens de La Fontaine ? On aime retenir des leçons parce qu'elles nous servent ; on préfère en oublier d'autres parce qu'on pense qu'elles nous desservent. Il faut une gigantesque humilité pour se fier à l'avancement. L'illusion d'avancer. Comme les militaires. Gauche, droite, gauche. Gauche, droite. Repos. On s'en remet beaucoup aux ordres qu'on reçoit. Hitler devait être un homme intelligent dans l'intimité. Mais l'intelligence n'est liée à rien. La vérité se contrefout du bon sens. Et tant que la justice ne le saura pas, elle continuera d'essayer de se maintenir en équilibre avec autant de succès que d'échecs. Elle aura à peine autant de chances d'avoir raison que d'avoir tort. Sa caution morale relève d'un autre monde, toujours projetée dans l'avenir. Et ça s'appelle l'Histoire. Le problème avec Hitler, c'est qu'on l'a démonisé. Fallait pas, justement. Elle est là l'erreur. On aurait dû nous montrer un homme gentil auprès de ses proches ou de sa secrétaire. Comme ça, on aurait su que les monstres et les trous du cul ont aussi des airs de gentillesse. Qu'ils sont aussi capables de tendresse. Que des gens les aiment et les apprécient au quotidien. Et ça devient plus facile de les repérer et d'essayer de les tuer. Sans chronique et sans annonce. Pour qu'il puisse y avoir une suite sans heurt.

La morale de mon siècle est trop flexible, comme la pute du Redlight d'Amsterdam qui me demandait : «Fuck or suck?» Quand j'ai répondu «fuck» elle a murmuré : «It's what I prefer», avec un accent. Et deux jours plus tard, quand j'ai répondu «suck», elle a répété : «It's what I prefer», avec le même accent.

Difficile de s'y retrouver. T'es morte, Branka.

La dernière fois, je t'ai entendue tout bas : «Je vais venir», cambrée, dos à moi, les mains contre le mur comme si tu le poussais de toutes tes forces, la tête basse. J'aurai l'image du creux de tes reins et de la vertèbre qu'on appelle la nuque dans ton cou comme souvenirs du plaisir.

Que sait-on? Combien de nous sauront se rendre véritablement jusqu'à la fin? «... Un jour les choses proches te paraîtront loin. C'est là que tu sauras que le temps a passé, pas spécialement pour toi, juste comme ça, comme il sait faire, simplement, en silence, pour tout le monde, sans discrimination.» Elle avait dit.

Elle m'avait préparé à tout ça. Je suis convaincu qu'elle savait qu'elle mourrait devant moi au New Jersey, la veille de Noël.

Je m'étais toujours cru et connu en déficit de recul, trop absorbé par le jour. Sans distance. Et du coup j'ai détesté les gens qui inscrivent leurs gestes dans le temps comme des artefacts. Certains auteurs le font. Ils se citent. Ils font rire d'eux et ne s'en rendent pas compte. On revient toujours au jeu du masque.

Tu sais, Branka, le fin fond de l'histoire, c'est que nous ne sommes pas aussi merveilleux qu'on a voulu nous le faire croire durant l'enfance.

Chère Cendrillon, j'ai souvent rêvé que je te forçais les cuisses, à toi aussi. Tu résistais un peu au début, mais tu comprenais vite que j'étais plus fort et tu les écartais. J'ai beaucoup aimé les contes.

Le merveilleux, c'est pour décorer les églises, les palais, et quelquefois l'étoffe des rois et des évêques qui célèbrent leur pouvoir dans un miroir. Je suis plus beau que vous, regardez-moi. La vanité est née d'un faux sentiment, on l'oublie. L'orgueil peut aussi être en toge. Et même nous pousser à faire la file les vendredis et samedis soir, les dimanches après-midi ou les jours de pluie, en chantant comme les juifs, nus, encouragés par les nazis à chanter docilement en allant prendre leurs douches dans les chambres à gaz. On peut aussi acheter du popcorn trop salé et s'asseoir pour le manger.

Ils ont transporté ton corps quelque part. Dans une morgue ou un laboratoire. Ils cherchent à comprendre. Ils ne comprendront jamais vraiment tout. Et comme on crée tout à partir de nous, la mémoire aussi s'efface. On ne peut pas faire de *back-up* de nos souvenirs ni des moments tristes et heureux. Quelques rares et heureuses fois, il y a l'art. Et d'autres, encore, un hommage pour témoigner brièvement. C'est pour ça que c'est difficile. Tu as emporté avec toi le son des balles qui sifflent, l'odeur et la lumière de la guerre et les sourires cyniques que tu avais quand tu entendais John Lennon chanter naïvement la Paix. Tu n'y croyais pas. Tu disais : « La Paix est la plus vieille vache à lait des hommes. » Et personne, pas moi en tout cas, n'aurait pu s'opposer parce qu'on ne contredit jamais les gens qui ont vécu une guerre. Surtout pas s'ils sont riches. Ils se croient investis d'un devoir de mémoire. Ils font du théâtre, des livres et des films. On les croit immunisés contre la bêtise. On ne contredit pas les victimes. Et encore moins les persécutés, surtout pas si leur corps porte des marques de violence visibles par une caméra. On les subventionne. La vérité épidermique.

Tu m'as fait du bien, Branka. Tu m'as rendu un peu plus humain parce que tu n'avais pas besoin d'explication ni d'entretien.

Je ferai dorénavant comme toi. Devant un menu de sushis, je ne commanderai avec un sourire japonais que les makis qui ont un rapport avec l'amour : May Flower Love, Sweet Heart, Love Dancing eel, Crazy Beauty tuna roll, Perfect Baby love roll, American Dream roll, Hawaian Marriage roll, Valentine roll, Wonderland Love roll, Rainbow Kiss, Spicy Little Mermaid roll… Sans cynisme, ce sont les meilleurs. On n'examine pas les ingrédients.

La voix de Sarah résonnait encore : « Vous êtes certain que vous ne voulez rien ? »

Lᴀ ᴘʀᴇᴍɪᴇ̀ʀᴇ ʀᴇɴᴄᴏɴᴛʀᴇ.

Le Vendredi saint 2 avril. Montréal. La fête de fiançailles. Elle m'avait regardé incrédule quand je lui avais raconté que je travaillais pour une compagnie basée aux États-Unis qui s'appelait Antimatter. Antimatière en français. Anti-sujet, si on traduit bien. C'est une entreprise qui efface, pour de grosses sommes d'argent, toutes les traces numériques d'un sujet, d'une nouvelle ou d'une information qui circule sur le web. On a accès à tous les serveurs-sources. L'entreprise est officiellement basée juste au sud de Baltimore, dans un parc industriel construit par la National Security Agency. NSA. Pouvoir suprême et sans reddition de comptes d'un empire qui implose. On introduit deux, trois, quatre, cinq mots dans le logiciel, ensuite on l'injecte comme un vaccin dans les serveurs-sources, et alors tout ce qui se rapproche de près ou de loin des mots joints disparaît, partout, jusqu'à l'extinction même du premier ordre. L'antimatière se propage comme un virus. Mais au lieu de créer une information nouvelle, elle aspire ce qui s'y relie. Elle efface. En remplaçant les liaisons internes du noyau par ce qu'on veut faire disparaître. C'est une nouvelle génération de vaccins. Anonyme.

De l'informatique pure. Un langage sans humeur. Dénué d'affect. L'opposé des mots. D'une redoutable efficacité. Anonyme. Agressif. Comme une horde de chevaux de Troie fantôme. Le contraire parfait de la mémoire. Nos principaux clients sont des compagnies aux prises avec des études scientifiques «négatives». Nous ne contredisons rien. Nous ne mentons pas. Nous ne faisons que gommer l'information. Nous sommes anonymes.

«Tu te souviens comment Jivago meurt? qu'elle m'a demandé normalement.

— Non, pas vraiment.

— Après une monumentale histoire d'amour. La plus grande des histoires, dont toute sa société aurait normalement dû reconnaître la grandeur, dans la rue, dans les journaux...» Elle a repris son souffle : «Ben, un jour dans le tramway, il a chaud, il sort à l'arrêt suivant et il s'effondre dans la rue. Face au sol au milieu des gens qui l'ignorent. Il meurt anonyme au centre de la ville.» La plus grande histoire d'amour moderne, ignorée. «Elle est là, la blessure : dans cette désolante gêne et humilité des petits et des grands sentiments qui meurent ainsi du cœur, face au sol.»

«Évidemment que la vie est plus facile devant une télé ou derrière une vitre, quand on n'a accès qu'en sourdine aux paroles des autres.» Puis elle m'avait regardé en silence. C'était sa réponse. Je venais de lui demander comment c'était Sarajevo du haut de son appartement.

«Le pire avec l'idée qu'on se fait d'une guerre qui s'éloigne de nous, c'est qu'elle réussit à rendre la réalité comme une fresque, comme une œuvre d'art ou une scène distante. C'est pour ça qu'il faut tout vivre à courte distance… pour faire plus vrai, c'est pour ça que je déteste les hommes qui en tuent d'autres avec une lunette d'approche. Je hais les *snipers*. Je préfère les combats rapprochés. Aux poings ou au couteau.» Après avoir posé sa bouche sur la mienne, elle avait dit s'ennuyer de la gomme Chicklets rose qu'elle mâchait durant son enfance. On n'en trouvait plus nulle part.

Stanislas Konchenko est mort étouffé par le vide sidéral. Une fois sa réserve d'oxygène épuisée. Nous avons été plusieurs milliards à suivre son orbite fatale, en cette veille de Noël 2009. Il est mort à la vitesse de 28 000 kilomètres heure, juste au-dessus de l'Antarctique. Un record Guinness absolu. Partout sur la planète, des astronomes amateurs tentaient de le voir et de le suivre quelques secondes avec leurs télescopes alors qu'il tournait autour de la Terre. Un corps satellite visible d'ici-bas. Stan.

On se foutait bien de la Tchétchénie. On ne parlait que de cet homme dans l'espace qui allait mourir pour une cause déjà oubliée. La preuve, encore, que la mort éclipse le quotidien. On se souvient des gens qui s'immolent ou qui font la grève de la faim, on admire les actes, mais on a vite oublié pourquoi. Ah oui! Pourquoi déjà? C'était un spectacle. Unique. Une première. Fuck la cause, mais la forme, elle, une occurrence sans précédent : LA première fois qu'un humain meurt à l'extérieur de la Terre. Pour oublier nos famines de sens. On en ferait des œuvres et des chroniques. Un homme étouffé par manque d'air, qui tourne autour d'une boule bleue justement à cause de l'oxygène. Son corps ne se décomposera jamais.

Embaumé par le vide et le froid. Une ellipse éternelle. Des millénaires. Il a rejoint les tonnes de déchets orbitaux que l'évolution et nos conquêtes ont produits. Comme les idéologies, comme celle dont il portait le costume, un drapeau de l'Ukraine sur l'épaule droite et un de la Tchétchénie sur l'épaule gauche, et qu'il semblait vouloir défendre. Sauf que, sur la planète, les idées se décomposent après quelques décennies, un ou deux succès et une poignée d'échecs. Il aimait toujours une femme qui ne l'aimait plus depuis longtemps. Il aurait voulu lui dire de vive voix, lui raconter d'abord la haine puis l'amour. Il avait souhaité une réparation. Une rédemption et tous les mots qu'il n'avait jamais réussi à faire sortir d'une mine. Fragile et condamnée. L'horreur et le magnifique dans un même corps. L'attention médiatique avait beaucoup plus à faire avec le premier suicide spatial qu'avec les apparentes revendications politiques d'un terroriste. Stan avait fait broder les deux drapeaux de ses origines : l'Ukraine de son père et la Tchétchénie de sa mère. Mais c'est de cette dernière que les caméras s'étaient d'abord emparées, croyant y trouver une pressante explication. À tort.

Je me suis souvent demandé s'il est plus facile de mourir lors d'un décompte. Il aura eu tout le temps de se délester de sa charge alors qu'il flottait en mesurant les secondes qui s'effaçaient. Notre jeunesse à Saint-François-de-Sales. Ses années dans l'armée russe, la médecine, ces quelques mois à Sarajevo. Elle. Les années à Paris. Le rêve de devenir astronaute. Puis elle de nouveau.

Ça m'a occupé l'esprit et même rassuré de savoir qu'un homme mort gravitait au-dessus de moi. Il y aurait dorénavant vraiment quelque chose au-dessus de nous.

Stan Konchenko a été mon meilleur ami d'enfance.

Branka disait toujours que si un jour elle mourait bêtement, ce serait la faute du Vatican. Elle jurait pouvoir prouver que Dieu n'existait pas; il ne lui manquait que quelques détails pour faire sa preuve. «Quand je ne serai plus enceinte, je te le prouverai.» Sa preuve commençait avec le pain: «Les levures sont la première preuve de l'inexistence de Dieu.»

J'étais prêt à la croire. Elle avait pour elle un lourd passé: l'ex-Yougoslavie, un viol, un exil, une vie nouée, une troisième langue, des idées, des sentiments amoureux – surtout à cause de quelques romans et de poèmes. Et une extraordinaire lucidité, que très peu de gens possèdent. Surtout quand elle parlait.

La première chose que j'oublierai sera la couleur de ses yeux. Peut-être bleus, peut-être bruns. Je ne sais déjà plus après seulement quelques heures. J'ai vu à travers eux. Je n'ai pas voulu tout de suite prendre le risque de m'y mirer. Ça m'a pris deux ou trois semaines. Peut-être un réflexe de survie. Ça m'a suffi.

On dit que les gens qui font l'amour aux solstices d'hiver et d'été ont plus de chances de survivre à la fin du monde que les autres. Un truc de sorcières modernes. J'ai le défaut d'y croire. J'aime ces histoires de bonnes femmes. Par défaut aussi. Comme une technicalité informatique. «*Par défaut / by default*» est la seule véritable avancée idéologique depuis Kant et le devoir de contrer notre nature. Nous sommes des fourmis au service d'une reine. Sans changement à prévoir parce que le système fonctionne sans qu'il soit nécessaire de faire mieux. La mort. Nous ne croyons plus par conviction, mais parce que nous y sommes logiquement contraints. Par automatisme.

«Et à qui tu prouveras ton truc sur l'inexistence de Dieu?

— À toi, ça suffira», elle avait répondu.

Au même moment, au début de l'automne 2009, à Montréal, dans un laboratoire de biologie moléculaire de l'Université de Montréal, un physicien haïtien venait de démontrer qu'il était mathématiquement impossible d'éradiquer la vie biologique. Impossible. Point. Tous les modèles de destruction qu'on essaie d'inventer sont obsolètes. Ça se poursuivra sans égard à ce qu'on peut penser et au-delà de toutes les prédictions justifiables.

La vie s'expliquait autrefois par les vertus du hasard, c'est plutôt le contraire qu'il faudra dorénavant envisager: on aura beau essayer de détruire toute trace de vie, par tous les moyens du monde, ça demeurera une hypothèse. Et si on se créait un dieu à partir de ce concept? Par son contraire.

Il est simplement impossible que la vie ne soit pas.

Branka me disait toujours quand elle allait jouir: «Je vais venir.»

Tais-toi, que je pensais, si tu me le dis, je viendrai aussi, avant toi. Sois gracieuse et ne me le dis qu'à la dernière seconde. Genre: «Je viens.» Pas de futur. Tu dois surveiller tes temps de verbe. Il ne faut pas dire «je vais venir», mais bien «je viens». Quand on attend un truc qu'on veut vraiment, on échoue.

«Il y a des millions de gens qui vivent sur leurs archives. Immobiles et poussiéreux. Contentés par quelques joies et quelques peines. Hypnotisés par l'espoir.»

«Et après Dieu, tu feras quoi? j'avais demandé une trentaine de secondes plus tard.

— Je m'attaquerai au bonheur.»

Elle avait posé une main sur son bas-ventre et l'autre sur ma tête. Deux gestes maternels, comme le signe du silence qu'on fait, un doigt sur la bouche.

«Le problème avec le bonheur, ce n'est pas de savoir s'il existe ou pas. C'est son marketing, le vrai problème. On nous montre ses traces dans le sable en nous disant que c'est par là qu'il faut passer. Il faut suivre ses pas. Des millions de livres, des milliers de films, des milliards d'esprits telles des éponges qui s'enfoncent dans les sables mouvants.»

Tu vas me manquer, Branka.

«Ce qui nous définit tous, sans exception, c'est un principe de croyance... et c'est ça qui meurt quand on s'éteint. Comme le cœur est un muscle involontaire, la conscience, par défaut, doit croire elle aussi qu'elle est involontaire, donc dirigée à partir d'ailleurs.» Elle avait dit ça, encore essoufflée, une des premières fois où l'on avait fait l'amour, sa main droite entre les cuisses, pour retenir l'écoulement. J'avais posé la mienne, chaude et repue, sur sa poitrine en sueur. Et j'avais senti son cœur battre en dessous de son sein, juste au moment où elle avait dit «muscle involontaire». Son utérus aussi avait dû se contracter. Un autre mouvement involontaire, sans doute.

En descendant l'escalier de son appartement au New Jersey, le 24 décembre 2009, elle avait dit : « Tu sais pourquoi, même dans d'autres vies, l'éternité ne peut pas exister ? » Et d'enchaîner : « Parce qu'il n'y aurait plus aucune moralité entre nous : on pourrait se violer ou s'entretuer ou se voler sans jamais craindre de représailles. » Ses derniers mots. D'une main elle tenait la rampe d'escalier et de l'autre elle se mettait du rouge à lèvres.

À Saint-François-de-Sales, un petit village à cinquante minutes au sud de Montréal, mon ami Stanislas Konchenko s'appelait Stan Kay. Ses parents avaient fui l'URSS à l'hiver 1969. Son père, un haltérophile originaire de l'Ukraine, avait gagné une médaille d'argent aux Jeux de Munich en 1968 et il avait profité d'une compétition en Italie quelques semaines plus tard pour «sauter le Mur». Il s'était établi au Québec parce qu'il avait vu des images et un film-reportage sur l'Expo 67. Fils de cultivateur, avec sa femme infirmière catholique, originaire de Tchétchénie, au sein de l'équipe olympique russe, il avait décidé de se refaire une vie au Canada ; des étendues de terres à perte de vue comme sa contrée natale. Ce nouveau pays de tous les espoirs était une immense forêt avec des plaines cultivables. Il saurait faire. Il saurait faire comme un homme doit faire : fonder une famille comme les hommes avant lui, et la nourrir. Le plus honnêtement possible. Fatigué le soir. Au repos le dimanche.

Stan est né le 9 avril 1970. Neuf mois jour pour jour après que Neil Armstrong eut marché sur la lune. On n'invente pas ces choses-là.

La nuit on parlait dans nos lits avec une lampe de poche jusqu'à ce que sa mère ou la mienne vienne nous dire une vingtième fois qu'il était trop tard, que nous devions dormir. À l'âge où l'heure n'a rien à voir avec la fatigue ou le sommeil.

On a construit des villes entières dans le sable pour nos petites voitures, des villes sillonnées de routes, d'autoroutes et de tunnels. Plusieurs douzaines de Matchbox et de Hotwheels. C'était le sujet du jeu, les autos. Puis on ramassait ces jouets pour les ranger à pleines mains en les lançant pêle-mêle dans la caisse de lait Sealtest en plastique noir. Jusqu'au prochain monde inventé. Le lendemain.

On a construit des milliers de villes, sous un érable à Giguère géant, dans lequel on grimpait et, surtout, dans lequel on pouvait se tenir en équilibre de longues heures en espérant que la sœur aînée de Stan arrive de l'école et décide de se changer dans sa chambre. Surtout l'été, avec l'espoir qu'elle enfile un maillot de bain. Nos pieds en avaient poli d'usure et d'attente l'écorce des branches en espérant n'importe quel bout de peau volé. Un cadeau qui devenait un souvenir magique, surtout au lit le soir, quand la fatigue ne vient pas à bout des enfants.

On a été dans la même classe de maternelle, la seule fois où on a été assis l'un à côté de l'autre. C'était un petit village. Une seule classe par année primaire. Les autres années, celles où on apprend à lire et à écrire, les professeurs nous séparaient, par précaution, ils disaient. On a gravé des villes et des voitures et des avions et des navettes spatiales avec nos ciseaux dans le bois jaunâtre des couvercles de pupitres vernis. On avait onze ans quand la navette *Columbia* a fait son premier vol en mars 1981. Stan avait reçu une réplique en modèle réduit à coller pour son anniversaire. On l'avait assemblée le soir même sur la table de la cuisine en suivant le plan à la lettre.

Nous étions toujours ensemble. Au jeu de billes, au parc, au ballon-chasseur, pendant les vacances. On a joué au hockey comme tous les garçons russes et canadiens. Sa vie était aussi la mienne. Nous vivions le même temps. Les grenouilles, les couleuvres. Les sauts en BMX, en Green Machine, les pièces de cinq cents sur la track de chemin de fer, les égouts géants dans lesquels on allait toujours un peu plus loin, les modèles à coller, les blocs Lego, les coups de soleil, le Kraft Dinner avec des saucisses hot-dog, un exemplaire de la revue *Playboy*, gondolé et jauni. L'été de nos quatorze ans, en 1984, ses parents lui ont acheté un billet d'avion après avoir réussi à lui obtenir un visa pour aller visiter ses grands-parents, en URSS. À l'autre bout du monde.

Ça a été ma première peine d'amour. Stan irait vivre des choses ailleurs sans moi. Tout est soudainement devenu trop grand. Les adultes sévères et injustes. Et cette Russie qui était encore communiste et «méchante» à l'époque. On l'imaginait grise, pauvre avec des visages de misère triste.

Mes parents m'avaient dit que les Russes faisaient la file une journée entière pour se procurer du papier de toilette. Et une autre journée complète pour du lait. Et une autre encore pour un chandail de laine gris foncé. On se moquait des voitures Lada et d'un tracteur de ferme Belarus qu'un voisin du quatrième rang avait acheté de seconde main. On se disait, chaque fois qu'on le voyait immobile, stationné, qu'il devait être brisé.

Stan est revenu à la fin de l'été. Enfin pas tout à fait. Il est revenu soustrait de nous. Du genre, ma vie ici et celle là-bas. Je sais maintenant qu'en soustrayant toutes les vies qu'on peut avoir dans une seule, il arrive souvent que le résultat soit négatif. Les liens d'origine sont beaucoup plus forts que ceux qu'on tisse. Ils sont plus faciles à couper qu'à dessoucher.

Puis un jour comme un autre, trois étés plus tard, il m'a dit qu'il irait poursuivre ses études dans l'armée soviétique. On avait dix-sept ans. C'était juste avant la chute du Mur. Les règles s'étaient assouplies, et les vieux pays accueillaient, sans poser de question, leurs fils et filles qui rentraient au bercail. Je me souviens des éclairs de chaleur dans le ciel. Horizontaux. On fumait un joint au centre récréatif du village, juste à côté de la caserne des pompiers. Il avait répété : « dans l'armée ». Depuis la petite école, il voulait être pompier. C'était entendu. Je lui en ai voulu.

Et il est parti. Le plus difficile à comprendre, c'était la différence qui était apparue là où il n'y avait que complicité. Stan était brillant. Il deviendrait certainement médecin ou haut gradé. Il avait une intelligence comme peu de gens en possèdent. Il comprenait presque toujours tout d'un seul coup.

Les pays de l'Est, à cette époque, c'était le tiers monde occidental. La carte postale officielle de l'absence de bonheur : le salaire famélique consenti par l'État, l'absence de culture, tout le linge d'une même couleur. C'était l'image que l'Amérique s'était construite de l'autre système. Les regards sombres et graves. L'âge du charbon.

Une partie de moi l'enviait. L'armée, c'est aussi le rêve de tous les garçons. Soldat. C'est une identité. Ce qui prend sinon tant d'années à se forger. J'éprouvais de l'admiration en même temps qu'une pointe de mépris pour l'entreprise du conflit. Et une envie jalouse. Les meilleurs soldats sont toujours ceux qui vivent au rez-de-chaussée de la conscience. Et Stan n'était pas un soldat. Il avait trop de lucidité pour s'occuper lui-même de cette fonction primaire. Il me semblait que c'était contre sa nature.

Quand toutes les conditions sont réunies, et on ne sait pas pourquoi, la véritable identité d'un homme se révèle toujours à lui. Le lait oublié sur le comptoir tourne. Invariablement. C'est ça, la vérité : du lait caillé.

On a continué de s'écrire. Sur du papier. J'ai conservé toutes les enveloppes vertes. Des timbres à l'effigie de Leonid Brejnev et de Lénine. Il a terminé ses études de médecine en quatre ans. Puis il a trouvé l'armée ennuyante et a demandé à partir. Loin des jours prévisibles. Le Mur communiste avait été défoncé. L'Occident s'était forcé. Il ne voulait pas devenir un militaire fonctionnaire. Il a laissé l'armée officielle. Il a voulu s'approcher du conflit. Sa mère était Tchétchène. On a pensé qu'il était aussi un chrétien orthodoxe. Stan n'a pas cherché à contredire l'idée. Sa mère détestait les rebelles tchétchènes, tous musulmans. Il a tout de suite voulu aller défendre les valeurs religieuses de sa mère. Ailleurs.

Chrétiens. Contre chrétiens.

Il s'est retrouvé en Yougoslavie avec les soldats serbes en croyant se soucier d'un conflit ethnique et moral d'un pays sans richesses naturelles. Il a rejoint les Serbes. Beaucoup plus une milice qu'une armée. Avec un chèque de paye. Une solde de mercenaire.

On avait passé ensemble des centaines d'heures, lui et moi, à tirer sur des cibles avec nos carabines à plomb reçues en cadeau à nos anniversaires, à dix ans. Nous étions des garçons normaux. Des pommes, des canettes de Seven Up, des assiettes d'aluminium, des concombres géants et des citrouilles en automne, jusqu'aux pièces de vingt-cinq sous à cinquante mètres. De loin, Stan était meilleur tireur que moi. On faisait semblant qu'il neutralisait l'ennemi à cette distance alors que ma mission était de courir vers la cible et de l'achever. On installait une citrouille ou un melon trop mûr comme tête, sur un épouvantail de foin qu'on s'était fabriqué avec du linge d'hiver trop petit et usé. Stan atteignait toujours la silhouette. Il pouvait estimer l'effet du vent sur le projectile et s'ajuster en conséquence. Une intelligence balistique.

De l'ex-Yougoslavie, il ne connaissait que ce que les médias avaient rapporté. Un conflit racial sur une base religieuse. Un vrai. Pas de *fair-play*. Avec plus ou moins de commandement central. Ce sont les pires guerres. Sales. Des métastases dispersées un peu partout. Jusqu'aux villages reculés. Les ordres d'un état-major se diluent dans la trop longue chaîne ou sont ignorés. Des factions se forment, le contrat social devient le souvenir d'une ancienne idée plutôt vague et l'éloignement du centre révèle l'invariable nature de l'homme, sa violence.

Pour une jalouse envie de bonheur. Stan avait choisi son camp.

STAN ET BRANKA.

Je suis le pont entre les deux. Branka ne le saura jamais. Stan oui, et c'est pour ça qu'il est mort. Je n'ai pas eu la force de dire à la femme que j'aimais que le gars dans l'espace qui allait mourir la veille de Noël était un des soldats qui les avaient violées, elle et sa mère, en banlieue de Sarajevo à la fin du mois d'août 1992. Ni le plus odieux : qu'elle était tombée amoureuse à Paris de ce même homme, celui qui l'avait engrossée alors qu'elle n'était pas encore une adolescente.

«Ne résiste pas trop, juste assez», lui avait dit sa mère quand les deux soldats étaient entrés calmement dans leur appartement. Ils avaient posé leurs armes et retiré leurs casques. Elle venait d'avoir douze ans.

«Nous sommes capables de nous cacher la vérité pour mieux vivre», m'avait un jour dit Stan. Des fois ça marche, d'autres fois on accepte ce fait et on continue. Le jupon dépasse et on regarde ailleurs.

«Et les doutes?
— Quoi les doutes, j'avais répondu à Branka.
— Est-ce qu'ils font partie de toutes les vies?
— Pourquoi tu demandes ça?
— Parce que je veux savoir s'ils disparaissent, si je dois m'en méfier, les attendre, les chasser ou les cultiver?
— Ils viennent d'où?» je me rappelle avoir demandé.

Elle avait souri et détourné le regard en concluant: «C'est comme les lunes, on peut s'y fier.» Elle aimait le doute comme on aime avoir peur.

À six ans elle croyait que chaque soir une lune différente passait au-dessus d'elle dans le ciel. Elle lui parlait. Un soir, elle lui demandait simplement comment ça allait. Une autre fois, elle lui confiait qu'elle avait appris à écrire *zèbre* ce jour-là à l'école. C'était vraiment compliqué le mot *zèbre*. C'était le dernier de son alphabet dans le cahier.

Et puis un jour elle s'était risquée à demander à sa mère si les lunes viendraient toujours, elle avait de plus en plus de choses à leur dire en vieillissant. Et sa mère lui avait répondu qu'une seule repassait, nuit après nuit, selon un cycle de vingt-huit jours.

Ce n'est pas à sa mère qu'elle en a voulu, mais à l'ordre des choses sur lequel elle n'aurait aucun pouvoir. Elle se trouvait stupide d'avoir confié tous ses secrets à une seule et même lune.

J'ai un peu compris Branka, je crois. On veut trouver un sens. À soi et aux autres. Être ému et transporté par plus grand. Il y a des fois où la vie se vit. Elle ne se raconte plus. C'est la qualité mensongère de la représentation : vouloir reproduire ce qu'on a déjà cru vrai. Une autre manière d'exister. Ou une excuse. Quand toute la suite n'obéit qu'à des ordres qu'on peut anticiper, on sait que la peine valait la sueur. «L'art n'est qu'une imitation diluée du temps, formalisée, esthétique et pas vraiment nécessaire.» Et elle avait approché sa bouche en disant : «Ferme-la et embrasse-moi.» Son brillant à lèvres goûtait la menthe poivrée.

Je me rappelle son histoire de carpe de Noël et je pense à tous ces gens qui ne savent rien. «Nous sommes aussi muets qu'une carpe», qu'elle avait dit une fois.

«Quoi, comme une carpe?» que j'avais demandé. Elle me parlait depuis la salle de bain en se brossant les dents. Je détestais quand elle faisait ça.

«Chaque Noël, un frère de ma mère allait pêcher une carpe dans un étang, à quinze minutes de Sarajevo. Trois jours avant le 25. La carpe est un poisson paresseux, gras et riche, qui comme la patate a sauvé des millions de vies. Par tradition, donc, la veille de Noël, le poisson se retrouvait toujours au menu.»

Mais au lieu de l'assommer d'un coup de branche sur la tête, m'avait-elle expliqué, son oncle le ramenait sur la glace et, aussitôt rentré à la maison, le plongeait dans le bain de l'appartement. Fallait garder le poisson en vie jusqu'au réveillon.

«Je me souviens des bâillements lents et répétés du poisson.» Et elle avait ajouté : «Quand je prends le métro, quand je passais devant les églises et les mosquées, petite, quand je regarde les gens faire la file ou lire les journaux, ou désirer un objet, je repense toujours à cette pauvre carpe qui, en sortant de son étang avant d'être plongée dans une baignoire en fonte émaillée remplie d'eau limpide et tiède, à quelques jours de Noël, avait la même illusion d'être vivante que dans son étang vaseux.» Elle se croyait sauvée d'une fin par asphyxie dans une eau sale et brouillée.

Branka et Stan se ressemblaient beaucoup dans leur lucidité. Elle par l'éloignement apaisant de l'accumulation des jours, lui par le besoin violent de vouloir se réparer en s'approchant du centre.

Je ne suis que le lien entre les deux. Obligé. La pierre d'ogive.

Lors du premier rendez-vous à la clinique d'obstétrique pour son suivi de grossesse, Branka m'avait dit que, pour elle, l'invention de Dieu était un besoin évident de survie aussi simple qu'apparent. Elle avait ajouté, comme pour elle-même : «Évidemment qu'on va croire à quelque chose de plus grand que soi quand, les trois premières années de nos vies, on dépend entièrement de la personne qui nous a mis au monde : on lui doit tout, du plus petit au plus grand. Quand les besoins primaires de survie deviennent des automatismes d'existence, il est juste normal que, plus tard, à l'âge adulte, ces réflexes de petite enfance se transforment en croyances et se ritualisent : d'une couche pleine de merde, à la faim, à la fatigue ou à l'émerveillement, la mère devient une source de satisfaction. Il est là, le premier mensonge. L'origine de l'exaucement.

«Et tu remarqueras que le degré de croyance d'un peuple est inversement proportionnel, dans toutes les sociétés, à l'évolution des femmes… Plus les hommes soumettent les femmes, plus cette société est dévote et pieuse.»

Je crois que je l'ai aimée. Je veux dire de cet amour qui nous dénude les chairs. La seule manifestation de notre propre découverte qui n'est pas égoïste. Cet état qui donne envie d'être avec elle. De vouloir l'entendre, qu'elle se taise, qu'elle crie, qu'elle chuchote. Cette soif d'intelligence émotive. Pas comme un souvenir ou comme le 292e courriel qu'on échange, mais dans le présent qui s'accumule. Celui qui nous cristallise. C'est ici et rien d'autre. Peut-être que ça arrive à tout le monde un jour ou l'autre. Et puis, non, peut-être pas, ça n'arrive qu'une fois ou deux par siècle, et le reste, c'est l'affaire de quelques individus qui tentent de l'illustrer. Encore et encore. On change les noms, les costumes, les personnages et on reprend appui sur la structure portante. Qui, elle, demeure la même depuis le début. Il y a des histoires, telles des poutres de pierre, qui vont durer cinq ou six siècles, et d'autres qui sont faites en carton. Il y en a si peu qui sont structurelles.

Je me suis senti coupable d'apercevoir soudainement la grandeur d'un amour au moment où il n'existerait plus. J'imagine aussi que c'est pour ça que les gens prennent des photos. Le rappel des événements est plus beau. Comme si c'était dans le classement que les événements prennent leur sens. À la seconde où nous ne sommes plus dans le même présent. Un trou dans une tuque le 24 décembre 2009.

Et s'il y avait plus de vie chez les autres que chez moi?

J'aurais voulu récolter les trophées de la guerre sans avoir à tuer. Sans perdre quelqu'un que j'aime. Les honneurs sans les périls. Je me suis persuadé que nous étions des milliards à manquer cruellement d'insistance. Tout est connu d'avance, comme la trajectoire d'une planète qui tourne sur elle-même et qui se répète. Il y a pourtant un centre dont on s'éloigne de plus en plus. On va finir par l'oublier à force d'élargir l'espace avec des nouveaux télescopes toujours plus performants. L'épicentre absolu et invisible est une force gravitationnelle. On sait quand on s'en approche : les doutes se dissipent une fraction de seconde, il n'y a plus quarante chemins. Et pour une majorité parmi nous, c'est souvent la maladie, une naissance, le désir d'un homme ou d'une femme, une peine d'amour brûlante, le temps qui s'effrite comme du ciment, des craques sur la peau, ou la mort d'un proche. Ou un baiser sur une banquette. La programmation est triste. Les autres pages du calendrier émotif ne sont pas très originales. Des reprises. Aussi régulières que les comètes.

Et on pleure toujours au même endroit. Et on rit aussi toujours au même endroit. Et on se dit toujours « j'aurais dû » au même endroit.

Stan avait voulu lui dire des millions de fois. Mais, comme un asthmatique dont les poumons n'expirent plus, il s'était étouffé.

Branka. T'es morte. T'as eu un fils. Quelque part, quelqu'un l'élèvera comme le sien. Espérons que ses nouveaux parents sauront y trouver leur compte comme nous l'aurions fait. Parce que c'est aussi de cela qu'on ne parle pas : la part des gènes. Ce ne sont encore que des murmures, mais tant de gens défectueux se reproduisent en route. À l'inverse, tant de gens parfaits se brisent en chemin. Tu me disais toujours, en montrant du doigt les machines distributrices qui portaient cet écriteau «défectueux» scotché sur leur vitre : «Ça serait tellement plus simple si on pouvait l'appliquer partout où c'est nécessaire.»

Depuis l'âge de cinq ans, Stan et moi, on passait tous les jours de nos vacances d'été ensemble à jouer. À douze ans, nous avions deux vélos identiques, des Free Spirit cinq vitesses de couleur argent. À la tombée du jour, on allait au «pit» de sable, dans la forêt et dans les maisons en chantier. Entre les deux par quatre et les poutres, dans les structures des charpentes. On était bien dans ces endroits ouverts, pas encore cloisonnés. L'odeur de l'épinette. On parlait durant des heures. On avait des prétextes d'action et de jeux, mais ce sont les milliers d'heures de conversations qui nous tenaient réunis. Qui nous construisaient.

Dans un étang d'une dizaine de mètres au bout du rang Saint-Joseph, à la mi-juillet déjà, les grenouilles commençaient à être assez grosses pour qu'on les tue. Stan était revenu de vacances à Virginia Beach avec des pétards à mèche. Véritable et précieux trésor. Des Cherry Bomb. Les pétards à mèche, c'était comme les filles toutes nues : un cadeau inespéré. Contre toute attente, comme une pépite d'or ou un vieux magazine *Playboy* gondolé par des années d'humidité, trouvé dans un bâtiment de ferme abandonné.

Les pétards venaient en paquet de dix. Et nous calculions toujours le meilleur usage à en faire. Pas de gaspillage. Certains jours, nous n'en allumions qu'un, d'autres, plus fastes, jusqu'à trois. On pêchait les grenouilles avec une ligne à pêche, un hameçon et un carré de tissu rouge comme appât. N'importe quoi de rouge : du plastique, du carton, un bout de linge, pourvu que ce soit rouge. Les grenouilles ne mordaient pas, mais elles s'approchaient assez du morceau de tissu, curieuses, pour que nous puissions les attraper d'un coup sec en ferrant. Et on ficelait le pétard à la grenouille avec de la corde à balle de foin en lui disant : «*Ave*, César, ta grenouille te salue!» Et ça faisait un bruit sec, un claquement de fouet. Stan tournait le dos. Il n'allait jamais voir les dégâts, alors que moi, c'était plus que la moitié de l'intérêt : je devais constater. Nous étions des garçons normaux devant la mort.

Je ne me souviens plus si nous fermions les yeux quand la grenouille explosait. Probablement que oui, car je n'en ai aucun souvenir. Peut-être nous bouchions-nous les oreilles. Un réflexe de protection. Une petite seconde. Notre cerveau est habile. Malin aussi. Il réussit en général à se fermer à ce qui peut l'endommager. C'est ce qu'on souhaite. Du moins à s'y soustraire le plus possible. Plus tard, pour les adultes, il y a aussi l'alcool. Le déni est peut-être un réflexe de survie. Une survie hypocrite. Quand on ne veut pas croire à l'atrocité d'un instant, on se répète d'abord à tue-tête les mots de l'incrédulité : Va chier, va chier, va chier. Une insulte avant d'encaisser. À moins d'être une victime définitive, un canon froid enfoncé au creux de la gorge, on ne devrait jamais enfouir sous la résilience ce qui nous est imposé contre notre gré. L'espoir subsiste. «Le droit à la vengeance devrait remplacer le droit à l'égalité dans la Déclaration des droits de l'homme.» Branka.

Le soir, quand Stan et moi on parlait pendant des heures, on ne revenait jamais sur les grenouilles explosées.

Cʜᴇᴢ Hᴇɴʀʏ ᴇᴛ Sᴀʀᴀʜ.

Le canapé-lit sur lequel j'étais couché a dû servir des milliers d'autres nuits. Et quelques veilles de Noël. C'est un matelas mince, avec un trou si profond au centre qu'il m'était impossible de me retourner ou de dormir sur le côté. Je me foutais pas mal de celui ou celle qui y avait laissé son empreinte. Par un puits de lumière improvisé en fibre de verre, je voyais la lune à travers le voile nuageux. Il ne neigeait plus. Il m'était arrivé une seule fois de voir en même temps la lune et le soleil. C'était au milieu du fleuve Saint-Laurent, sur une île de l'archipel de L'Isle-aux-Grues. Évidemment, je m'étais ému du phénomène. Quand on peut déceler des signes qui brisent le quotidien, on devient émotif. Un simple hasard inexpliqué suffit généralement pour se sentir spécial. Aux yeux d'autres civilisations, les éclipses de lune ou de soleil sont sacrées. Des compensations divines.

Et de qui serons-nous crédules? À propos de quoi? Réussira-t-on un jour à prouver que la Terre n'est pas ronde et qu'elle est véritablement au centre de l'univers? Rien jusqu'à présent ne peut prouver le contraire. Ma planète est le plus petit point connu au centre de l'univers tout entier. Nos appareils ne peuvent tout simplement pas encore le prouver. L'échec de la science.

Sarah collectionne les poupées. J'ai toujours détesté les poupées. Stan et moi, on pendait celles de sa plus jeune sœur dans la cage d'escalier chez lui, en face de la porte principale, juste avant qu'elle rentre de l'école. Elles y sont toutes passées : Ragedy Ann, Boutchous, Fraisinette et toutes ses amies, même celles dotées d'une tête en porcelaine. On faisait des nœuds coulants qu'on passait autour de leur cou et on les poussait doucement dans le vide. Ça faisait un bruit sec. Il arrivait que la tête se détache du corps. Ça ne changeait rien à leur expression. Elles ont un sourire d'usine ou un trou pour faire semblant de boire au biberon, et ça leur donne un air louche la nuit. Toutes les poupées sont toujours trop heureuses.

Sarah est née au Kansas. Mais sa famille a déménagé au Missouri quand elle avait cinq ans. Élevée à Saint-Louis, elle n'a conservé du Kansas que l'accent de ses parents. Au début des années cinquante, on enseignait le français comme langue seconde dans les bonnes écoles américaines. Elle a connu Cassius Clay. Elle aime la boxe depuis. Elle aime aussi jouer aux cartes, toujours avec une loupe qu'elle brandit devant son œil en disant qu'elle surveille les tricheurs. Même quand elle joue au solitaire. Elle doit être drôle. Autrefois, elle ne sortait jamais de la voiture avant que son homme ne vienne lui ouvrir la portière. C'était comme ça. «Une femme de principe», qu'Henry m'a dit. Des gants, des lunettes, les mains sur les genoux et un sac à main toujours assorti aux chaussures, couleurs et textures.

Et puis, un jour, quelque chose s'est brisé.

Henry est né à Montréal. D'une mère francophone et d'un père américain. C'est avec le passeport américain qu'il s'est enrôlé dans l'armée à dix-huit ans et qu'il est parti à l'autre bout du monde, au Vietnam, pour défendre la Liberté et tuer des «Chinois» communistes. Il est parti heureux et fier, un peu nerveux devant l'inconnu parce que c'était son premier voyage. Il n'est pas revenu autant qu'il était parti. En déficit d'humanité. De foi, surtout. Non pas celle qui inspire le pasteur le samedi, mais celle qui peut marquer la frontière entre un avant et un après, quand des hommes sont animés par la nature profonde et ancestrale de la guerre.

En un sens, c'est par cette fissure qu'il était intéressant pour la majorité des gens. Aux yeux des autres, il avait entretenu pendant des années l'illusion d'avoir existé parce qu'il avait fait la guerre. Il avait dit : «Oublie la jungle et l'arme d'assaut; les plus grandes révolutions se sont produites alors que j'étais assis chez moi sur une chaise, silencieux, amoureux. C'est rare que l'amour se laisse voir, mais il laisse des traces, comme des trous de balle, et ça coule longtemps.»

Henry et Sarah se sont beaucoup écrit durant la guerre du Vietnam. Les lettres de Sarah étaient des ancres pour Henry et celles d'Henry, des phares pour Sarah. La boîte aux lettres ou la voix du caporal qui distribuait le courrier. Chaque fois l'espoir et l'attente du fil invisible. Reliés.

Les mots étaient restés imprégnés de sens et de vérité pour les deux. *Ce sont les vœux brisés qui tuent.*

Sarah réécrit depuis des années dans un petit carnet dont elle détache les pages, des phrases qu'elle a lues un peu partout dans les journaux, magazines, essais, poèmes, romans. Comme les gens qui croient ce qu'ils lisent. Elle colle ensuite ces bouts de papier un peu partout. Sur l'armoire métallique au-dessus d'un ancien bac à eau dans lequel on vérifiait les pneus pour des fuites d'air : *Un paon a trop peu dans la tête et beaucoup trop dans la queue.* Ou encore juste au-dessus de la poubelle : *L'ignorance ne vous tuera peut-être pas, mais elle vous fera transpirer.* Elle a été abonnée au *New Yorker* presque toute sa vie, jusqu'en 1980.

J'étais allé pisser. Je me répétais la phrase en sortant des toilettes, pour la mémoriser, parce que l'alcool faisait encore effet, et Henry m'avait regardé en levant les yeux au plafond. Ça se voyait qu'il aimait toujours Sarah à travers ce geste. C'est de l'indifférence qu'il faudrait se méfier. La tête me revenait doucement. Ils écoutaient en même temps ABC et NPR. National Public Radio. Ils détestaient les postes religieux. « Trop préoccupés par leurs dettes et les collectes de fonds. »

Et je me suis mis à regretter. Ou plutôt à comprendre les chiffres soudainement. C'est par cette soustraction que je sentais que j'avais véritablement aimé Branka. C'était hier. Aujourd'hui, c'est le jour de Noël, le 25. Je crois le lui avoir dit assez souvent. Pourquoi est-ce par l'absence qu'on prend la mesure d'une présence ?

Too much drama. C'était le titre d'un livre posé sur le réservoir des toilettes.

«À DOUZE ANS, j'ai compris qu'il y avait un tas de trucs que nous ne pourrions jamais contrôler», m'avait dit Branka l'automne dernier quand je lui avais demandé si elle aurait voulu changer le passé. «Le passé, c'est juste un ancien présent.»

J'imagine qu'on peut se refaire? Je ne sais pas. Peut-on se recomposer après des atrocités? Peut-être que vis-à-vis de soi on le pourra, c'est aux yeux des autres que le drame en reste un.

Henry a tué des hommes qu'il ne connaissait pas. Trois. Trois dont il se souvient. Ils étaient pourtant si loin de lui, et petits, à travers le télescope de sa carabine. Le même effet d'écran que la télé. Des hommes moins vrais que s'il avait eu à les regarder dans les yeux et à sentir leur force. Dans son cas, la guerre n'a jamais embelli la vie ni son histoire. Est-ce que c'était plus vrai au temps des baïonnettes? La mort des autres n'a fait que ponctuer sa vie à lui. En la lui simplifiant d'abord pendant les premiers mois: une médaille, et l'impression très nette d'avoir gagné au final.

Évidemment, entre le soldat qui vit et celui qui meurt, il n'y a que l'idée de la guerre. Mais au-delà du conflit politique et de pouvoirs, il s'est cru justifié de survivre. Pour autre chose. Quelques années au moins, il s'était dit. Et puis il y a eu plein d'années depuis. Avec Sarah, sans qui le non-sens aurait été décuplé. Henry aurait eu mille raisons d'exagérer la réalité, pour combler un manque, mais il a choisi la lucidité.

Henry était un tireur d'élite. Il pouvait atteindre une pièce de dix sous à cinq cents mètres. À cette distance, l'homme qu'on tue ne meurt pas exactement tout de suite. Sur le coup, la poitrine explose en lambeaux, la chair se déchire. La cible devient verte, rouge et mouillée. Le mouvement qui anime le corps s'évapore en quelques secondes. Mais la véritable mort d'un homme, pour le soldat-tireur Henry Joseph Kane, ne se fera que plusieurs années plus tard, loin de cet autre monde, quand il racontera à Sarah pourquoi il se réveillait toutes les nuits en sueur depuis son retour de la guerre. Et alors commencera une guérison qui ne finira jamais. Il n'aura jamais réussi à se réparer, préférant mettre l'index dans un trou qui ne se refermerait jamais non plus. Au-delà de ses forces.

Branka : « L'illusion du bonheur est un piège dont très peu savent se déprendre. Il n'est pas fait pour tout le monde, on lui court après pendant plusieurs décennies, comme une ombre. Et quand on s'en croit débarrassé, c'est que notre jambe s'est sectionnée. On la croit toujours à nous, mais elle appartient au piège. Tout ça repousse l'échéance. Et plus tu l'éloignes, plus tu consommes. »

« T'as déjà été une femme dans une autre vie », qu'elle m'avait dit un après-midi, couchée sur le lit. J'avais demandé si elle y croyait. Elle n'avait pas répondu. La parole dit plus souvent son contraire que le silence ne peut le faire. C'était peut-être un compliment. Ou peut-être qu'elle ne l'avait jamais dit, que je l'avais inventé.

Puis elle aurait ajouté : « T'as déjà remarqué que même à quatre-vingt-douze ans, ou quand elles acceptent qu'elles sont devenues des vieilles femmes, elles continuent de mettre du rouge à lèvres, jusqu'à la fin. »

Stan m'avait envoyé un courriel la semaine dernière, le 19 décembre, juste avant de partir dans l'espace. Même si ça faisait longtemps qu'on ne se voyait plus, on avait toujours gardé le contact. Les jours d'enfance étaient loin, mais on savait toujours où l'autre était rendu. On s'écrivait de temps en temps. Un message ici et un autre là. Je l'avais suivi à distance, avec plus de politesse que de fierté. Du respect parce que nous avions été amis à dix ans.

Le courriel du 19 était destiné à Branka.

Il me demandait de tout lui révéler.

Il expliquait son geste. Pas celui que les médias voulaient croire et diffusaient en boucle ; pas celui d'un rebelle tchétchène qui revendiquait la souveraineté ; il était catholique. Stan n'était pas dans le camp des rebelles musulmans. Seulement dans son camp à lui, celui d'un homme lucide qui cherchait à s'affranchir d'un passé. À se remettre en lui.

Paris. Décembre 1992.

Une musique douce sortait de nulle part. Elle ne voyait pas d'où et ça lui était égal. Une chaise longue assez confortable, comme chez le dentiste, mais recouverte d'un papier blanc qui craquait à chaque mouvement. Une chaleur ambiante agréable. L'infirmière lui caressait doucement le bras et l'épaule. Ses jambes étaient écartées, ses genoux repliés vers elle, sous un drap bleu d'hôpital. Elle était engourdie par le calmant. Aucune douleur, seulement un bruit de succion. Et la sensation d'une pression venant de l'intérieur. D'une aspiration.

« On ne sait pas comment avorter la mémoire », m'avait-elle dit en me racontant, les yeux seulement brumeux. « Il n'y a que la distance, on espère, qui sait faire, et encore… » Et elle avait murmuré des mots que je ne suis pas entièrement certain d'avoir compris, mais c'était, je le sentais, une phrase qu'on ne fait répéter à personne. Un truc du genre : « Je me demande encore s'il faut faire avorter une fillette enceinte d'un viol ou faire porter à terme, par une enfant, un enfant de cette violence. »

Les cas de conscience sont toujours en aval de la réalité. Quand l'enfant se pointera, il sera difficile de ne pas l'aimer. C'est une force biologique. Et la peur d'aimer le fruit d'un acte de haine est une atrocité. Nous passons la suite de notre temps à imaginer ce qui aurait pu être, si telle chose s'était ou ne s'était pas produite. Tel un réflexe ou une fonction naturelle, involontaire comme le muscle du cœur, vouloir comprendre, prévoir ou prédire ce qui aurait pu être autrement. Quand l'idée de la volonté divine n'est juste pas assez forte.

C'est avant d'aimer qu'on doit détruire ou tuer ce qu'on serait capable et coupable d'aimer, justement. D'où le télescopage moderne et contemporain de la technologie. La distance physique. Le véritable éloignement. Branka aurait tellement aimé qu'une autre se fasse avorter à sa place.

Cet enfant qui n'a pas existé, elle se surprenait toujours, depuis cette année-là, à lui inventer une vie, un avenir, un visage. L'existence par le manque. Elle n'avait pas demandé le sexe de l'enfant. Elle s'était toujours imaginé que c'était un garçon. Les absences font aussi partie des bilans. Comme les chiffres négatifs d'une équation se retrouvent entre parenthèses.

Elle ne se souvenait pas du visage du soldat qui aurait été le père. Elle n'avait pas fermé les yeux, mais elle ne saurait pas le reconnaître. Elle avait juste préféré fixer le coin, là où les deux murs rencontrent le plafond. Elle n'avait pas pleuré non plus. Pas pendant. Forte comme une digue. Une seule fissure. C'est d'ailleurs par cette faille que la vie s'était immiscée. Un trou de serrure. C'est vrai que tout est beaucoup plus terrifiant par le trou d'une serrure que par l'embrasure d'une porte. Elle avait cru longtemps que la pression qui commençait à lui forcer les entrailles devrait aussi sortir par là. Il faut parfois faire une ponction.

Stan, lui, l'avait reconnue. C'était à Paris en 2004, neuf ans après la fin officielle de cette guerre. Il a rapidement su que c'était elle. Elle qui croyait au destin comme ces gens qui croient que le bonheur est dans les livres ou sur une liste de choses qu'on doit souhaiter très fort. Dans un coin de son esprit, c'est sous une épaisseur de soie d'araignées et de poussière qu'elle avait oublié le visage de l'homme qui l'avait violée. De l'homme qu'elle aimait désormais comme une femme de vingt-quatre ans peut aimer l'avenir qu'on lui avait autrefois promis.

Stan était allé à Paris faire une sur-spécialité en neurologie robotique à la Salpêtrière. Après cette guerre, il voulait sans doute guérir les autres. Il était retourné dans l'armée russe à Grozny, à son retour de Sarajevo. L'uniforme militaire et sa langue d'adoption lui avaient ouvert des portes jusqu'en France.

En 2006, quatorze ans avaient passé depuis ce petit appartement habité par une mère et sa fillette dans l'ex-Yougoslavie. Je l'avais rejoint à Paris pour une visite. Il pratiquait là depuis plusieurs années. Bien installé. Il s'était cru fixé. Seul. Dans son cas, un parcours tracé d'avance aurait été un souhait.

Nous nous étions soûlés comme des hommes qui se retrouvent et hésitent à se dire les choses à jeun. Nous nous étions retrouvés. À cause du passé. Sur le bord de la Seine dans le 2e arrondissement, il avait dit : « J'ai rencontré une fille. » Il avait tout dit. Ce n'était pas une anecdote, mais le début d'un aveu. Parce que les hommes aussi tombent en amour. Pour des raisons différentes.

Il était devenu amoureux. Il l'avait d'abord croisée à l'épicerie, attiré par sa tête et son cou. Elle avait acheté une grosse pomme qu'elle avait séparée en deux avec ses mains. Elle aimait l'acidité des pommes pas encore tout à fait mûres. Peut-être pour regarder la couleur des pépins et savoir si elle était à point. Son visage l'avait accroché, comme ces impressions de déjà-vu que l'on croit être des signes du destin. À tort, parce que l'avenir ne se mêle jamais au présent. Ils s'évitent par défaut. Comme les deux extrémités d'un balancier : ils ne seront jamais au même endroit.

Il l'avait juste observée s'en aller. Elle sentait qu'elle était regardée et le gars lui plaisait. Alors elle avait retourné la tête vers l'arrière après quelques pas pour appuyer son regard sur lui. C'est tout ce que ça prend. Un regard. Si peu de paroles. Certaines retenues et quelques gestes. Pour le reste, ce qui passe à travers nos doigts, ce sont les anecdotes des années à deux.

Il avait été foudroyé par un choc thermique du ventre à la tête, qu'il m'avait raconté. Comme un milliard d'aiguilles. Attiré par ses mouvements, son rythme à elle. Par sa densité. Toutes les femmes denses sont belles, j'ai pensé. Stan. Transpercé par un pieu invisible.

Il y a des moments qui ne s'enfouissent pas assez creux, dès lors on est incapable de penser à quoi que ce soit d'autre. C'est là qu'on se rend compte que l'évolution est inégale parce que la pensée ne réussit pas toujours à gérer les gestes dont nous sommes responsables. Autrement, c'est juste une fille trop maquillée. On veut l'épouser pendant la soirée. Comme une promesse de minuit. Le lendemain, on regrette.

Stan m'avait dit : « C'est ce jour-là que j'ai réalisé que la vie avait été plutôt bonne avec moi, mais pas au point de me protéger à tout jamais et à tout prix. » Une douzaine d'années empruntées, un sursis.

La première fois qu'on sent la faille. Une fracture ouverte.

Évidemment qu'il l'avait reconnue.

Il avait pensé fuir la France. L'Europe. Devenir marin, mineur, scaphandrier, explorateur de l'Antarctique, ou gardien du pôle Nord.

« Bonjour, Stan », qu'il avait entendu derrière lui quelques semaines plus tard. Elle avait demandé son nom à l'épicier. Elle avait appris qu'il était un médecin canadien pratiquant à la Salpêtrière. Il savait que c'était elle. C'était mieux que tous les matins de Noël de toute sa vie.

Elle avait juste dit « Branka », en tendant la main. Il avait baissé la tête.

« Sa main faisait tellement de sens. Douce, ferme, un peu froide, c'était une main de femme, parfaite, des doigts fins, parfaits aussi, un anneau doré à l'annulaire gauche orné d'une pierre bleue, les cheveux attachés par une pince de plastique vert transparent, un collier de fausses perles roulé sur plusieurs tours au poignet droit, un chandail kangourou blanc avec des cœurs rouges imprimés et un cœur de métal sur la fermeture éclair, ses épaules, ses clavicules, une bretelle de soutien-gorge blanc œuf, pas de boucles d'oreilles. » Stan m'avait raconté Branka comme un miroir.

«Tu vas devenir astronaute?» qu'elle lui avait demandé parce qu'il ne répondait pas, figé ailleurs, loin de ce trottoir de la rue Vieille-du-Temple, à Paris, au début du XXIe siècle.

Dans des circonstances normales, Stan aurait enfoui Branka jusqu'à sa dernière confession. La revoir ainsi, la reconnaître et craindre qu'elle aussi l'ait reconnu avait rendu impossible cette vie encore presque normale quelques semaines auparavant. Et si elle cachait ses intentions? Elle pourrait le tuer dans son sommeil, ou pire, à l'éveil.

Alors que l'image de la fille qu'il avait violée quatorze années auparavant commençait à pâlir, voilà qu'une version mise à jour de la femme qu'elle était devenue faisait son entrée, comme quand on superpose des personnages au théâtre. La fillette qu'il avait violée avait maintenant deux visages. Et lui deux vies, dont l'une avait été inhumée, mais demeurait imputrescible.

On doit parfois accepter ce qui est. Donner de la latitude à ses instincts, dans la douleur. Ou dans l'anesthésie des exigences. Une démocratie obligatoire. Imposée. Par défaut encore. Parce qu'on est prêt à assumer le risque d'un échec qui ne compte déjà plus au bilan. Je veux l'aimer. Et peut-être pire : je pourrais l'aimer.

Le pire, parce que rien de tel n'arrive isolément, c'était le coup de foudre amoureux réciproque. Elle avait aimé cet homme en un instant. Et lui cette femme. La suite normale de l'histoire, dans ce cas, aurait dû être un mariage, des enfants, un peu plus de sourires que de larmes, un possible aveu, des corps qui plissent et plient sous une pile d'années et la mise en terre de l'un avant l'autre ou, dans le meilleur des scénarios, dans un accident d'avion, ensemble.

Pour l'amour, le grand, on sait tout de suite. La valeur n'attend rien ni personne. On est convaincu. Et c'est justement là que Stan a fui soudainement, après des mois de vertige avec elle, en devenant astronaute pour la Russie.

Comment faire l'amour à celle qu'on a déjà forcée ? Les hommes ne comprennent pas les fractures internes des femmes. Rien. Point. Ce sont leurs blessures, les absences et les vides qui finissent par les définir et provoquer des douleurs irréparables : un viol, les silences qui coulent sur les joues, un ventre qu'on aspire, l'amour qui s'effrite comme le mortier, ou celui qui s'échappe, pulvérisé par une explosion. Vers l'avant, l'arrière ou même les côtés, dans une dimension insoupçonnée jusque-là. La relativité. Même pas l'euphorie d'une invention. Une découverte tout simplement. « Simple comme l'amour. »

Sa blessure à lui, Stan n'arrivait pas à la comprendre. Il avait refusé l'espoir de la réparation. Il avait choisi de ne pas réparer parce qu'il estimait que c'était une perte totale. Trop de dommages. Le châssis était tordu. Trop cher à reconstruire. On fera un mausolée. En hommage. Un kamikaze. Sous le couvert muet des faits – un viol –, il allait s'enlever la vie. Dans un geste masculin et spectaculaire. Avec évidemment l'espoir que Branka saurait comprendre la nature de son geste, et qu'elle saurait lui pardonner. Parce que le pardon, miraculeusement pour certains, est toujours planté, armé, dans nos fondations. Même posthume.

J'avais reçu le message destiné à Branka le 19. Ça commençait ainsi : « Branka, tu te souviens du soldat… »

Je ne lui ai jamais dit. J'aurais été incapable de soutenir son regard quand elle aurait appris. Ma bombe atomique. *Delete.* Je l'avais imprimé, mais je l'ai mis dans un conteneur à déchets juste avant d'échouer chez Sarah et Henry. J'avais pris la peine de l'imprimer et de mettre le mot dans une enveloppe que j'avais cachetée. Tout tenait en dix-neuf lignes.

Stan ne lui aurait jamais demandé de l'aimer à nouveau. Peut-être seulement de s'en remettre à elle pour la suite. Un rapport de police, une accusation, un procès, un coupable, un silence éternel, peut-être, une haine acceptée, un pardon? Jamais l'idée d'être réhabilité ne l'avait effleuré. Dans la profondeur de l'aveu, il y a aussi de la résignation face à l'avenir : peu importe ce qui arrivera. «Advienne que pourra.» Il y avait lui, et maintenant lui-léger. Ils auraient eu un enfant.

Branka avait le don d'arrêter ce qu'elle était en train de faire pour dire : «Regarde par ici une seconde : je suis bien avec toi» ou «Hey, écoute-moi : je t'aime». Elle exigeait que je la regarde quand elle nommait les choses. Ça commandait un tel courage que c'est de cette manière que je suis devenu fort. Et puis, en novembre, elle a déclaré : «Je n'ai aimé que deux fois dans ma vie : un gars à Paris, un autre Canadien, il y a trois ans, et toi.» Puis après un silence, parce que je n'avais rien à dire, elle a juste ajouté : «Merci pour ça.»

Moi aime toi.

Je ne sais pas pourquoi certaines personnes et certaines vies sont attachées entre elles. Par un sens fuyant. Stan et moi avions été les meilleurs amis du monde autrefois. Il y a des soudures qu'une force inconnue fait pour nous, à notre insu. Un ordre en dehors de notre entendement. C'est la part du merveilleux invisible qui peut nous lier. Point. Rien de plus. Comme se faire dire merci parce qu'on aime sans intention. Facilement. Une réconciliation.

Touché. Simplement. Remercier d'être aimé. Une grâce impossible à définir, mais qui justifie toutes les tentatives pour s'en approcher. Parce que c'est encore d'une puissance inouïe. Peut-être n'y a-t-il que ça, entre les désirs et les pardons, pour nous définir. L'alliage de nos chaînes.

Je n'avais rien ajouté à son «merci», me contentant de retenir le mot qui rebondissait partout en moi. Devinant mon malaise, elle avait lancé: «Hey?» J'avais répondu: «Quoi?», et elle avait souri: «Rien.» Elle devait entendre les échos qu'elle créait. Par plaisir de sentir les ondes aller et venir contre mes parois fragiles.

On aime souvent pour des sentiments qu'on n'arrive pas à nommer. Surtout les hommes. Des raisons que les mots ne connaissent pas. Ils sont d'abord étrangers comme Stan et Branka. Réunis par la violence ou par cette impossibilité à définir autrement que par des nœuds sacrés qui nous échappent. Un langage inconnu. Ou des fréquences.

«Le plus important dans un mensonge, c'est la ligne d'horizon. Il faut impérativement que le décor soit rassurant.» Comme une colline de Los Angeles.

Stan m'avait demandé, avec des instructions précises, de ne lui révéler son identité que le 24. Je n'avais pas entièrement compris pourquoi jusqu'à hier midi, quand toutes les télés, les radios et les nouvelles du monde faisaient en jubilant le récit de cet astronaute condamné. Son message pour Branka se terminait ainsi : «Parce que trop de gens se contentent de leur passé.» La dix-neuvième ligne.

Branka n'a jamais su parce qu'elle est morte juste avant qu'il ne prononce son nom.

Est-ce que les événements se produisent naturellement, ou sont-ils provoqués par nous? Ou par nos croyances? Est-il possible que nos souhaits se réalisent? Aurais-je été amoureux de cette femme si Stan ne l'avait pas violée? Où et quand le sens devient-il acceptable pour nos limites?

Sommes-nous absolument liés aux autres par tous les gestes que nous posons, comme dans cette histoire de papillon qui bat des ailes à vingt-trois heures d'ici? Et surtout, pourquoi doit-on s'expliquer avec des histoires?

Tous les ans, au mois d'août, j'enviais la vie d'un cousin qui avait un handicap mental. Ses parents avaient une entreprise maraîchère et faisaient pousser des patates à Saint-François. Mon cousin, depuis qu'il avait cinq ans, adorait «certifier» les patates. Il classait et déclassait les pommes de terre selon leur forme et leur grosseur. Il travaillait jusqu'à vingt heures par jour, aux champs d'abord et dans l'entrepôt les mois d'hiver. Il était utile. Il manipulait des milliards de patates avec la même attention que si ça avait été de l'uranium. Il s'était trouvé une justification. J'enviais sa bêtise heureuse. Pieuse.

Le 15 août de chaque année, il ramassait ses premières patates. À la fête de l'ascension de la Vierge. Le 15 août de cette année, Branka et moi, on avait passé la soirée à lire, en silence, sur le même divan. Amoureux. Je lui avais raconté l'histoire de mon cousin.

J'ai toujours admiré les gens de foi. Une admiration aveugle. Peu importe en quoi : un sport, le travail, d'autres humains, il y a une force qui irradie de ceux qui croient. Comme la pression barométrique.

Branka avait cru à Stan. Elle ne pouvait pas se douter que lui, lourdement, portait une charge qui allait le faire crever. Il avait pourtant su se retenir plusieurs années.

Stan avait quitté Paris pour la Russie quelques mois après avoir fréquenté Branka. Parce que fuir était la solution la plus logique. La nature nous l'apprend très tôt. C'est un réflexe génétique. De survie.

Henry ne savait pas comment dire à Sarah les choses qu'elle voulait entendre. Elle l'aimait quand même.

Sarah n'avait qu'à sourire à Henry le matin quand il partait travailler pour qu'il soit heureux et léger. Après la guerre, il était devenu gardien de sécurité, en uniforme, pour une grande banque à Long Island City. Des années à sourire et à représenter l'ordre dans un costume codé. C'est lui qui ouvrait les portes au public, avec sa grosse clé en cuivre, à dix heures chaque matin. Il a passé sept ans de sa vie à faussement sourire et à répéter des banalités, en faisant semblant d'être heureux pour un chèque de paye toutes les deux semaines et trois semaines de vacances en été. Il a essayé en toute sincérité.

Des kilomètres d'humains jour après jour, en file sage, un chèque endossé à la main, ticket de survie, et des milliers de commentaires sur le temps qu'il fait, celui qu'il fera demain ou sur la tempête qui s'en vient. Aux USA, on ne parle jamais des armes à feu ou de l'avortement en public. Ce sont les derniers tabous.

Henry n'avait jamais imaginé que l'état de guerre qu'il avait connu quelques années plus tôt, même dans ses atrocités, puisse être plus vivant que celui de la paix tranquille et quotidienne d'un pays libre et pas inquiet.

Un jour, en mars 1969, il est revenu de la banque et il a passé la soirée à dire à Sarah combien sa vie l'emmerdait. Elle a écouté, ne se levant que pour brancher la bouilloire et préparer du thé en sachet. Elle a écouté une partie de la nuit l'homme qu'elle aimait lui parler de ses déceptions. Au-delà d'une crise de conscience, Henry a voulu s'extraire d'une routine convenue. Sarah l'a suivi. Puis elle l'a guidé. Ni lui ni elle n'ont travaillé depuis. Vivant essentiellement des surplus de leur société. Ils avaient un jour eu le projet d'écrire un livre sur la marge heureuse, celle qui n'a pas à s'inscrire dans le cahier des prescriptions de la consommation. Et comme le livre aurait certainement eu du succès, ils en ont abandonné l'idée. Il a su qu'il irait jusqu'au bout avec elle.

L<small>A RÉALITÉ</small>.

Branka est morte, je me suis retrouvé ici, dans une maison improvisée, un ancien garage au fond d'une cour, debout devant un miroir de toilettes où sont gravées dans le verre des lettres gauches et carrées : *Sarah & Henry, July 9th 1969*. C'est le jour de leur union. Henry s'était souvenu d'une vieille tradition irlandaise et il avait inscrit leur amour avec le diamant de la bague de Sarah sur le verre du miroir, une bague pour laquelle il a dépensé toutes ses économies. Il avait gravé la date avant même de la demander officiellement en mariage. Un soir pluvieux et torride de juillet 1969, elle a fermé les yeux à la demande d'Henry et l'a suivi dans un magasin de meubles tenu par des immigrants tchétchènes, dans le quartier Greenpoint, à Brooklyn. Quand Henry lui a montré le miroir qu'il venait d'acheter, elle lui a d'abord dit qu'il était égratigné. Il a souri, puis elle a lu la date du jour, leurs noms, et elle a compris.

Elle a mis la bague qu'il lui a tendue nerveusement à son doigt. Ils ne se sont pas embrassés sur la bouche. Henry et Sarah se sont étreints très longtemps en silence. Ils se sont scellés.

À l'entrée du magasin de meubles, sur l'écran d'une télévision, une famille russe regardait Neil Armstrong, le premier humain qui marchait sur la lune, en prononçant une phrase naïve et empesée.

Stan est mort comme prévu. Par suffocation, à 0 h 01 le 25 décembre, heure de New York. La voix à la radio a souligné que c'était un synchronisme exceptionnel : au moment même de la naissance du Christ, un homme mourait étranglé par le vide. Peut-être ignorait-il que l'heure fixée de la naissance du Christ n'a rien à voir avec l'heure de Bethléem, en Judée. « Un signe », qu'il a dit.

C'est par les chaînes qu'on s'invente qu'on prend la mesure des hommes. Stan n'en avait qu'une seule. Forte et en acier trempé.

Sa dernière phrase intelligible, dite en français, aura été : « Je suis désolé, Branka Svetidrva. » Tous les médias du monde cherchaient maintenant à savoir qui était cette femme. Heureusement, elle était morte.

J'aime penser qu'il a aimé sa mort. Dans un heureux relent de repentance, en voulant expier une faute par l'aveu. Comment peut-on atteindre une si insoutenable légèreté jusqu'à se donner la mort ? Pour s'abréger ?

Il aurait aimé pouvoir se faire confiance. Une affaire individuelle, comme à la petite école quand la professeure de deuxième année nous demandait de nous autoévaluer. Stan était toujours juste. Il se notait avec objectivité, dans la moyenne. Cinq choix de réponses. *Excellent, très bon, bon, avec difficulté et échec.* Je sais maintenant que, sauf mère Teresa, personne ne peut aller plus haut que *avec difficulté.* Sinon *échec.* Nous sommes surévalués. Par défaut.

Un jour, pendant la correction d'un contrôle, j'avais triché en effaçant une erreur dans la dictée du vendredi. Madame Annie s'en était aperçue et m'avait envoyé au coin, derrière elle, d'où je pouvais voir toute la classe. Je me souviens d'un grand bien-être parce que j'avais pu m'extraire d'une routine de correction autrement insupportable, et parce que j'avais vu tous ceux qui trichaient pendant que madame Annie, le dos tourné, écrivait au tableau les phrases de la dictée. Ça a été la première responsabilité que j'ai portée. La dernière étant de n'avoir jamais dit à Branka que mon meilleur ami était le gars qui l'avait violée. Et qui l'avait aimée jusqu'à la limite vivante du possible.

Le matin du 12 avril 2006, à la fin de son diplôme en histoire de l'art à la Sorbonne, Branka est allée remettre un travail sur l'essence de l'ombre dans les tableaux du Caravage. Quand elle est revenue rue du Bac, où ils habitaient, Stan avait laissé une lettre sur la machine à expresso. Quelques mots. Il retournait chez lui parce que l'armée voulait qu'il devienne astronaute. Il continuerait de perfectionner du même coup ses recherches en neurologie nucléaire à Riga. Déchiré, il la quittait.

Branka n'avait pas pleuré tout de suite. Elle s'était d'abord demandé s'ils avaient vraiment formé un couple parce que, se disait-elle, Stan aurait dû lui en parler. Ça faisait plusieurs mois qu'ils vivaient à deux. Voilà ce qu'on dit : les couples font des plans, des projets, ils parlent d'avenir. Une peine d'amour, ce n'est souvent que des questions restées sans réponse. Ils étaient heureux même si elle sentait quelquefois que Stan avait des absences. Elle lui disait souvent qu'il était dans la lune. «Tu devrais être astronaute.»

Elle s'était pris un verre d'eau alors puis elle avait pleuré, seule. Longtemps. Pas par tristesse ni au nom de la romance, mais parce que sa présence lui manquerait. Elle était bien avec cet homme. C'était simple. Sans fracas et avec tant de respect qu'elle n'y avait pas cru tout de suite. Sans savoir que le goût de l'autre est aussi une psychose qui s'installe doucement sous la peau, pour toujours. Depuis l'âge de douze ans, elle s'était demandé comment elle pourrait survivre à l'idée qu'un homme puisse un jour la toucher et l'aimer. Elle avait trouvé celui par qui sa réparation pouvait advenir. Elle allait retrouver son centre.

Branka n'avait jamais parlé à Stan des soldats qui étaient entrés dans l'appartement quand elle était encore une enfant en Yougoslavie. Un soir, elle aurait pu, qu'elle m'avait dit. C'était après plusieurs semaines de fréquentation, au mois de novembre. Juste avant leur première nuit, nus ensemble. Ils mangeaient des huîtres chez Marlow & filles, dans le sixième. Stan lui avait dit qu'elle était la plus belle femme du monde. Elle avait reçu le compliment comme un présent, un cadeau. Elle portait une robe rouge cadmium avec des petites fleurs de lys blanches imprimées. Aucun bijou. Elle avait enlevé ses boucles d'oreilles en se préparant ce soir-là, croyant qu'il regarderait davantage ses yeux ainsi. Stan se souvenait sûrement du tissu, et du corps en dessous, dense, désiré. Chaud sous sa main.

Il regardait ses yeux sans distraction. Une robe qui serait stigmatisée d'amour et d'envie. Elle hésiterait dorénavant à la porter, trop teintée par ces heures. Tachée d'encre.

Quand Stan lui avait dit qu'elle était la plus belle femme du monde, elle y avait cru autant qu'à la blessure qu'elle portait toujours. C'était une soirée où même les serveurs les plus maladroits savent ne pas intervenir de peur d'interrompre un homme et une femme. Elle aurait tant voulu lui dire sa douleur, comme une offrande, ou un sacrifice. Mais elle s'était tue, incapable de recommencer à nommer les choses depuis le début. Le premier événement, sous une pile d'événements trop lourds à déplacer. Les yeux mouillés. Stan avait probablement cru que c'était pour lui ; des yeux de bonheur. C'est ce qu'elle avait compris et elle avait préféré que ça soit ainsi. Elle lui avait demandé en souriant si son maquillage avait coulé.

Stan s'était longtemps demandé comment il réussirait à transfigurer sa culpabilité en désir. Il était évident que seule Branka saurait y faire. Aussi croyait-il, depuis cette rencontre à l'épicerie, qu'il faut toujours faire attention aux choses qu'on souhaite. L'occasion de réparer n'est pas rare. Mais celle-ci ressemblerait à un miracle. Il n'avait même pas cherché à comprendre. On lui donnait une deuxième chance. La seule véritablement importante de toute son existence. Pas celle des parents ou du devoir dicté par les origines paternelles, plutôt celle d'une faute intrinsèque : la nature humaine. Sa violence naturelle. Un réflexe honteux, qu'on tente d'expliquer avant même de tenter de l'éradiquer. Comme on bouche une fuite de pétrole en haute mer. Parce que chaque seconde de plus ajoute au désastre. L'errance d'une explication.

Stan n'aura pas su contenir ce qui s'échappait de lui. La fracture était plus profonde qu'il ne l'avait cru.

Henry a aimé Sarah comme on aime un livre. Dans la perfection distante et heureuse d'avoir compris quelques secondes ce qu'ils étaient. À deux. Il leur suffirait de survivre. Et c'est plus facile à deux, croyaient-ils, parce que ça partage le devoir d'exister. Il y a des jours où les mêmes gestes d'un homme et d'une femme se multiplient au lieu de s'additionner. C'est le quotidien : un verre de vin, t'es belle, je suis seul, non t'es là, aussi seule que moi, tu viens dormir ? On parle une heure, on garde le silence une semaine, on continue ? Les autres jours, ce sont : le premier regard, une prière, une bague, un baptême, un vœu, une fausse couche.

« Peut-être l'époque se passerait-elle de nous, parce qu'elle existe aussi à notre insu, il y a des gens qui ne laissent aucune trace, sauf des dettes et de la pollution. » Avec une caution religieuse. J'étais d'accord avec elle.

Elle se demandait souvent lequel des systèmes religieux représenterait le plus justement sa foi si elle en avait eu une. « J'ai un faible pour la pénitence chrétienne. Alors que certains préfèrent la rigidité et les secousses islamistes, d'autres succombent à un système de fidélisation du karma et des points-bonté.

Le christianisme, même dans l'accélération de sa disparition, se commet avec un concept de culpabilité et une élévation de l'individu, parce que, pour une rare fois, le fardeau de la faute nous incombe. Il responsabilise sans accuser à l'extérieur de soi. »

Les repères de Stan, eux, étaient flous. Il a combattu certains hommes, commandés par les croyances des autres, en souhaitant se réparer, car il croyait aussi que dans une autre vie il aurait à payer pour celle-ci. Le mystère ne s'éclaircit pas. Il commence seulement à se révéler. Et c'est inquiétant.

Moi.

J'ai toujours aimé les femmes qui ont des grains de beauté. Les peaux parfaites sont théâtrales. Quand elle était couchée sur le côté, son dos nu devenait comme le jeu Lite-Brite ou les cartes anciennes du ciel. Je pouvais y relier entre eux deux douzaines de ces petits points, il me semble, en de multiples animaux, formes et objets. Un soir, j'avais vu une araignée ; un autre, un verre à vin ; un matin, j'avais vu une arme de poing ; un après-midi, une silhouette humaine des grottes de Lascaux, comme les bonshommes de Keith Haring. «J'adore Keith Haring», elle avait dit la veille. Avec mon doigt, je les traçais. Je ne sais pas si elle dormait ou si elle était éveillée. D'un côté comme de l'autre, ça nous était égal. Tous les deux y trouvions notre compte.

Je ne sais si l'on doit investir dans l'avenir ou le présent. L'avenir, lui, déborde d'incertitudes rassurantes. Comme des promesses qui ne sont jamais tenues d'être vraiment exaucées. Je n'ai jamais relié Branka à Stan. Rien ne m'y obligeait. Même sous la menace, j'aurais tenu, parce que, pour elle, l'idée de l'avenir était un fil invisible qui retient la fourche de nos culottes quand on force trop la couture en se penchant.

La première fois que Branka et moi nous étions embrassés, il n'y avait aucune nervosité apparente. Mais je sais que nous étions tous les deux secoués par des ouragans. Que nous tentions de contenir. Elle avait simplement dit : « Je ne pourrai pas freiner mon élan plus longtemps. » Et on s'était embrassés.

Je connais des hommes désespérés qui ont souhaité de toutes leurs forces se faire violer dans leur solitude. Sans que ça se produise.

Il y a des jours où j'encaisse sans broncher ma nature, et d'autres où je dois mettre un genou au sol pour reprendre mon souffle. Je me souviens de ses lèvres, de la pression douce et chaude de sa bouche sur la mienne, de son nez froid, de nos peaux rapprochées, de l'odeur de cette proximité, insoupçonnée jusqu'ici. Et du désir.

Quand je fais le calcul de ce que je suis, tout me dit que je suis normal. Il me semble normal d'être ici, à cet endroit précis. L'amour que nous cherchons tous est-il une ordonnance dont on pourrait se sevrer ?

Tu vas me manquer, Branka. On aura évité bien des écueils, surtout ceux du quotidien. Ceux qui aspirent la magie de nos élans. Même si le quotidien passe plus vite avec un verre de vin, en donnant le bain aux enfants, en les aidant à faire leurs devoirs ou en préparant le souper, nous sommes toujours dans une antichambre. Tu m'as déjà dit te sentir moins vivante dans une salle d'attente de dentiste que dans la lecture d'un vieux roman de Philip Roth. Récemment, tu avais adoré *Le théâtre de Sabbath*.

« La politesse de nos gestes quotidiens est un affront à l'évolution », tu disais. Car des humains contrôlent d'autres humains. « Nous ne sommes plus un contrat mais un déficit social. » Peut-être une fraude.

Nous sommes aussi les multinationales que nous montrons du doigt telles des chimères. Derrière des écrans corporatifs, nous cherchons des hommes à condamner. Parce que ça aussi, le lynchage du semblable, c'est nous. « Nous. » Tu insistais sur le « nous » parce que, à ton avis, l'immunité était le premier signe d'un naufrage. Celui du profit, de la romance, des temples et des croyances. « Si nous n'étions que des êtres biologiques, nous ne serions programmés que pour assurer notre survie. » Mais voilà, on veut des trucs comme le bonheur et s'éloigner de la mort le plus possible. Cinq millénaires de répétition générale.

Une des premières choses que Branka m'avait dites durant la soirée où nous nous étions rencontrés, c'est que sa grand-mère maternelle, qui avait eu dix-neuf enfants, n'avait pleuré que neuf fois en accouchant : quand elle avait donné naissance à des filles. Parce qu'elle ne voulait pas que leurs vies ressemblent à la sienne. « Ce n'est pas de la solidarité qu'on devrait parler, mais bien de la lucidité féminine », que j'avais ajouté, impressionné par son histoire. Tu n'auras pas à sentir monter tes larmes, c'est un fils que t'as eu la veille de Noël. Ton hasard t'a souri, t'auras eu raison de lui faire confiance.

Où aller, sinon en soi, quand on franchit toutes les étapes : un premier baiser, une authentique nuit d'amour, un enfant, une promesse, le décès de l'un des deux? La Terre n'est pas vraiment ronde. Ce n'est que la mode d'une époque. Même si les astronautes nous le disent. On se tient la main, on s'habitue. C'est à l'absence qu'on ne peut pas s'habituer. Même pour le plus athée des hommes, Dieu a un jour existé. Comment autrement expliquer son rejet? Son absence est inconcevable à notre niveau de connaissance. Son existence est plus facile à imaginer que son absence à concevoir.

«La foi nous déresponsabilise», elle avait déclaré en me demandant de lui attacher ses souliers un matin de septembre.

L'ALCOOL EST PRESQUE DISSIPÉ.

Je me souviens d'avoir été assis dans la neige mouillée, hier soir, et d'avoir vu un homme qui quêtait de l'argent. Il mendiait des sous la veille de Noël. Devant lui était posée une affiche d'abribus qui annonçait la loterie MegaMillions de New York avec un gros lot de 179 millions de dollars. Il se trouve des gens pour voir dans cet écartèlement l'illustration de l'Amérique. Ils se trompent. Tu serais déçue, Branka.

Peut-être qu'il n'existe pas d'égalité. Encore moins quand nous sommes agenouillés devant les rêves des autres parce que les nôtres n'existent pas.

LES PREMIÈRES SEMAINES, elle allumait des chandelles dans sa chambre, sur la commode dont les tiroirs mal fermés débordaient de vêtements. Un bol de pistaches en écales. Ça sentait la cire qui brûle et le parfum de fleurs. Il y avait au mur une horloge. Minuit moins dix. Midi moins dix. Nos premières rencontres étaient toutes semblables. On avait tellement besoin d'être ensemble qu'on oubliait de manger.

Nous n'avons jamais parlé de Stan au début. Elle ignorait jusque-là ce qui me reliait à lui. Elle n'avait été vraiment amoureuse que deux fois dans sa vie, qu'elle m'avait dit. De lui, cet autre gars, et de moi. C'était déjà beaucoup, deux fois.

« Peut-être avons-nous été bernés par l'espérance ? Quatre-vingt-dix ans, c'est trop peu pour expliquer le rythme qui nous anime. L'idée de la réincarnation nous plaît parce qu'elle promet l'avenir et qu'elle définit le passé. Mais elle enlève tout son poids au présent, et puis tant de gens ont été la Grande Catherine ou Jeanne d'Arc. » Elle ne souriait pas.

Avons-nous été amants dans une autre vie ? Père et fille ? Frère et sœur ? Nous sommes-nous aimés ? Haïs ? Mon fils a-t-il été mon père ailleurs ? La vengeance aurait alors autant de champs de bataille que les vies suivantes.

«Je déteste le gars qui a inventé le miroir, qu'elle avait dit un matin en se levant. Les miroirs ne devraient servir qu'à se couper les cheveux, à se maquiller ou à se regarder quand on se brosse les dents.»

«Mais nous sommes sept milliards», avait-elle ajouté en s'étirant les yeux avec le pouce et l'index. C'est quatre milliards de plus qu'au début du XXe siècle. On les importe d'où, les nouvelles âmes?

Sommes-nous un asile? Quand les Nations Unies avaient décrété que le six milliardième humain était né à Sarajevo en 1999, elle s'était demandé si on pouvait trouver des antidépresseurs au paradis. Ce n'est pas nous qui sommes cyniques, mais tous ceux qui souhaitent notre bien dans une tour. Il n'y a pas de vent et on hisse quand même des drapeaux.

Branka avait constamment l'air étonné quand je lui disais que je l'aimais. Un questionnement discret. Ses sourcils se relevaient juste un peu. Comme si elle devait accuser le coup sans perdre l'équilibre. Peut-être croyait-elle que ça devait être à sens unique, sans véritable besoin de réciprocité? Peut-être était-ce assez pour elle d'aimer un homme sans exiger en retour d'être aimée par ce même homme? Ou le contraire. Elles étaient étranges, ces raisons qu'elle avait d'être toujours dans le doute, même si elle parlait avec une grande assurance. Ses normes. Ou peut-être n'avait-elle encore jamais rencontré quelqu'un qui soupçonnait l'ampleur de son vide.

Elle mangeait la pelure des oranges. «Toutes les vitamines sont là.»

Elle se touchait souvent les seins discrètement de sa main droite, comme un geste de vérification. N'importe où. Et quand elle voulait me dire quelque chose, elle se tortillait toujours une longue mèche de cheveux autour d'un doigt. Un soir : « T'as pas remarqué que j'ai les cheveux violets depuis hier soir ? » Non. Elle avait juste soupiré en me fixant. Ce n'était pas grave, son silence n'était pas une accusation. C'était peut-être même un acquiescement. Un matin où je m'étais réveillé tard, elle écrivait sur son ordinateur portable, assise dans le lit, à côté de moi. J'avais remarqué ses ongles peints en blanc. « J'avais plus de vernis à ongles, j'ai mis du liquid paper, comme quand j'étais petite. »

L'été de nos seize ans, Stan et moi, on a aimé en même temps la même fille. Lui le savait, pas moi. On venait de terminer le secondaire. Bal des finissants. Un rite. La conclusion d'une étape. Mais surtout une promesse. Une autre. Dans une belle robe de satin *cheap* trop bleue.

Elle s'appelait Loretta. Un samedi soir de juin, avant la fin des classes, au sous-sol chez Stan, nous étions une dizaine d'amis à regarder *Evil Dead*, un film d'horreur. Rien n'annonçait rien. Nous étions assis sur le sol, genoux relevés, le dos au mur. En cachette et en silence, dans un geste lent, elle avait enlevé une de ses bagues et l'avait mise dans le creux de ma main gauche. J'avais compris.

Plus tard dans la soirée, on nous avait laissés à l'écart, seuls au sous-sol. Nous étions un couple. Même à seize ans, sacrés socialement par l'idée de la vie, comme le fer rouge marque le troupeau. Nous nous étions embrassés maladroitement. Nous étions maintenant plus que deux parce que nous portions symboliquement le poids de notre race et la seule chose qu'elle commande ultimement : survivre.

La journée d'avant, j'ignorais que Stan désirait Loretta en secret depuis l'année précédente. Tout le monde était remonté à la cuisine pour manger des pizzas. Quand Loretta et moi les avons rejoints, Stan était au salon et il dessinait, la tête anormalement penchée sur sa feuille. Isolé.

Je comprends maintenant ses tremblements inquiets.

Le repli sur soi peut aussi être un acte de survie. Un mécanisme d'autodéfense. Parce que c'est toujours et d'abord de soi qu'il faut se méfier. Stan dessinait en silence. C'est par cette intensité silencieuse et autiste que j'ai pu mesurer sa violence. Je ne savais pas nommer les choses à l'époque, mais j'en savais assez pour comprendre que Stan, sans m'en vouloir personnellement, nourrirait ses démons. Quand on prend réellement sa propre mesure, la distance entre ce que nous voulons être et ce que nous sommes véritablement est infiniment décevante.

Cet été-là, Loretta et moi nous sommes séparés de la meute. Faisant à l'écart ce que nous étions devenus. Juin, juillet, août. Une vie complète en quatre-vingt-dix jours avec un début, un milieu et une fin. Entière. Désir, amour, drame. En septembre, nous n'étions plus un couple. Séparés par des écoles différentes, et par des différences aussi graves que nos émotions. Stan et moi nous sommes rapprochés de nouveau. On n'a pas beaucoup parlé de Loretta, sauf un soir, quelques semaines plus tard, où j'ai débordé. Nos cœurs de presque hommes et d'amitié déliés par l'alcool. À un moment, j'ai dit que j'étais désolé, que je n'avais pas deviné ses sentiments avant cette première soirée où je l'avais vu dessiner. Il m'a demandé si j'avais aimé Loretta, en utilisant le passé, et il avait cogné sa bouteille de bière contre la mienne avant que je ne réponde. Il devait anticiper que j'allais dire oui.

« L'amour est une excuse parfaite », que Branka avait déjà dit en refusant de répondre à son téléphone portable alors que j'avais la tête couchée sur ses genoux, collée contre son gros ventre. Je regardais CNN alors qu'elle était plongée dans *Voyage au bout de la nuit*. Elle ne lisait plus jamais de Français. J'avais demandé pourquoi cette exception. « C'est pas vraiment un Français, lui, c'est d'abord un écrivain. »

Stan et moi, on a aimé les mêmes femmes. Les liens qui nous unissent nous définissent aussi. Même transparents. Une fraction de seconde. L'explication, c'est ce qu'on veut voir. *Se fier à la bonté naturelle des gens est insuffisant.* Un post-it de Sarah, collé sur une bouteille en verre craquelé, qui aurait aussi pu être un vase à fleurs.

Branka est allée prier dans une église en ruine juste avant de s'enfuir. La veille de son départ, le soldat l'avait brisée. Elle a emprunté la foi chrétienne quelques minutes. « Je lui ai donné une dernière chance. » Comme quand on prend son souffle avant de plonger au fond d'une piscine pour ramasser rapidement le plus de sous noirs possible. Dans une robe bleue, des ballerines aux pieds, agenouillée au milieu des gravats sans valeur, elle a demandé une suite heureuse pour sa mère et elle à un dieu qu'elle soupçonnait de ne pas exister. Elle l'implorait au nom de sa mère, comme on a des droits acquis sur les sentiments d'un ancien amant. Un respect d'urgence. Dans un temps suspendu. Il lui devait ça, à sa mère. Pieuse et indéfectible. Au premier comme au centième jour du siège de Sarajevo, personne n'aurait su prédire le temps qu'allait durer cette sale guerre de religions. Les pensées essentielles s'imposent toujours d'elles-mêmes dans les moments où l'avenir a des ratés. L'amour à l'ère atomique. C'était une enfant enceinte. Elle le sentait déjà.

Dans sa fuite jusqu'à Paris, Branka a failli croire. À chaque étape qu'elles réussissaient à franchir et qui les éloignait de Sarajevo, elle ressentait le besoin euphorique de remercier quelque chose. Alors que toutes ces histoires secondaires ne sont que les chroniques d'un exil, elle confondait l'apaisement de l'inquiétude quotidienne avec une grandeur. Soulagée, elle rendait grâce.

L'amour qu'on devine est aussi une preuve d'existence. Même dans le malaise. Il y a des jours où j'aurais pu mourir devant elle. Un chignon, un regard, une robe, un foulard. Elle citait par cœur des phrases de *La condition humaine* de Malraux et souriait de son effet parce que j'étais clairement jaloux. «Tu savais que c'était le premier livre de la collection Folio?» «Non, je ne savais pas.» Et je lui avais demandé d'un ton de défi si elle connaissait aussi le deuxième livre de la collection en croyant qu'elle hausserait les épaules. Elle avait simplement relevé le livre de Louis-Ferdinand Céline qu'elle tenait en prenant soin de me montrer le titre et de croiser mes yeux une fraction de seconde.

Puis elle avait continué de lire. Et moi, de regarder CNN.

J'aurais voulu savoir si elle avait été aussi «intacte» avec Stan qu'avec moi. Branka était un rayon X. Je crois qu'elle voyait aussi la cassure chez les autres.

Te souviens-tu, maintenant morte – ça m'aiderait de t'entendre –, de ce soir d'août à Brooklyn quand une luciole t'est entrée dans l'œil gauche, à McCarren Park? On était allés voir Modest Mouse en concert. C'est ce soir-là que j'ai senti ta densité.

Toi?

Depuis quand?

La fissure d'un vœu est visible. Aussi mince soit-elle. C'est par cette fente que le monde s'écroule et se reconstruit. Un clou dans une paume.

«Je vais te prouver que Dieu est une invention.»

QUAND L'ALCOOL SE DISSIPE, on recommence à oublier les promesses. Ou l'on ouvre une autre bouteille pour prolonger le culte. J'ai effleuré le bonheur ce 24 décembre 2009. La disparition de Branka a été l'approche la plus probante du centre autour duquel j'orbitais. J'y étais presque. Au milieu de l'humanité individuelle. De la nôtre.

À la télé sans image, une voix d'homme grave racontait maintenant la vie, en ordre chronologique, de Stan, avec quelques rares photos de famille, il me semblait deviner. Nos enfances à la campagne – il y avait sans doute une photo d'une de nos classes au primaire, sa face encerclée d'un halo –, puis l'armée, la médecine, Paris, le programme russe d'exploration spatiale, jusqu'au salut militaire juste avant le décollage de la fusée. Son père de l'Ukraine, sa mère tchétchène. Parce que c'est comme ça qu'il faut se définir : par une chronologie. Les codes, les bouées. Autrement, si on mélange un peu les noms et les dates, nous serons incapables de faire les liens par nous-mêmes. Bientôt quelqu'un aura compris que la femme de Jersey City, tuée d'une balle perdue à la tête, éventrée, était aussi la femme à laquelle l'astronaute Stanislas Konchenko avait demandé pardon juste avant de mourir. Quel coup du destin pouvait bien les réunir? Sinon celui, insensé, du filet que nous cherchons tous à tisser pour nous retenir.

Toutes les traces effacées et les sutures lissées. Il n'y avait que moi pour expliquer l'improbable disparition de deux amants dont la haine aura aussi été au cœur de leurs mondes. De l'un comme de l'autre. «À travers la mort des autres, c'est surtout la nôtre qu'on s'invente et se répète.»

Je me suis souvenu que j'étais né le jour où Mark Rothko s'est suicidé, en 1970. La coïncidence des dates, même dans une flagrante insuffisance, réussit à satisfaire les esprits. La soif des origines est telle que, même quand nous sommes déshydratés, il y a toujours et encore des mirages.

Il est aussi écrit que quand le Christ a eu soif, sur la croix, un soldat a trempé une éponge dans le vinaigre et la lui a pressée sur les lèvres.

J'ai souri en pensant que Stan, mort à peu près au moment même où l'enfant est né, pourrait être notre fils à Branka et moi. L'idée de la réincarnation peut être réconfortante. Si Stan était notre fils, serait-il revenu pour terminer la réparation? Boire aux seins de la femme qu'on a un jour violée dans une autre vie. Qui nous donne naissance dans celle-ci. «Une autre fiction qui nous enlève de l'autonomie. Peut-être vivons-nous dans l'ignorance volontaire.»

Sᴀʀᴀʜ ᴘᴏʀᴛᴀɪᴛ ᴜɴᴇ ᴇ́ᴘɪɴɢʟᴇᴛᴛᴇ sur laquelle il était écrit : «We are safe, as long as the poor have faith.» Quand elle m'a surpris à lire, elle a juste dit : «Ç'a été imprimé en Chine.»

Henry préparait du thé. Ses gestes étaient beaux et lents. Le thé serait meilleur parce qu'il serait fait avec diligence. Ils avaient réussi à cultiver un théier à l'intérieur de leur abri, sous une lampe de lumière artificielle, dont ils récoltaient et séchaient les feuilles, jusqu'à l'infusion dans un baluchon en moustiquaire. Avec dévotion.

Le thé était meilleur parce qu'ils y croyaient. «Seulement dans la fonte émaillée», avait dit Sarah, découragée et admirative du même coup. J'avais attendu qu'il refroidisse et j'avais bu sans cérémonie, à grandes gorgées. Je reprenais mes esprits. Ils m'avaient servi une autre fois sans que j'en redemande. J'aurais voulu être leur fils à eux, le temps d'un thé. Vraiment.

«Nous avons besoin des autres.» Écrit sur ma tasse dans une bulle au-dessus de la tête de Linus, l'ami de Charlie Brown.

B‍RANKA ET MOI.

La première fois qu'on a été présentés, c'était en avril dernier. «Enchantés.» Deux becs sur les joues. Puis elle avait dit : «Je ne sais pas pourquoi je t'embrasse, on vient juste de faire connaissance.» Un truc slave ou de l'Est, que j'avais pensé. Et elle avait dit : «La prochaine fois, je trouverai une bonne excuse.» Je n'avais rien dit. Elle avait souri.

Un anniversaire, Noël, la nouvelle année, une rencontre. On s'embrasse peut-être par anxiété. À cause d'une envie qu'on n'arrive pas à nommer. Pour s'approcher de l'autre. La force de l'affection. C'est cette pellicule bienveillante et protectrice que les technologies et les baisers essayent de défoncer. Un blindage.

J'étais juste bien avec elle. C'était facile. Aucune intention de mentir. À elle, je dirais la vérité. Elle ne m'avait pas parlé de sa guerre ce soir-là. Mais elle m'avait raconté son anxiété d'enfant. Combien sa mère avait voulu la consoler de son enfance avant même qu'elle soit toute croche. Elle m'avait raconté comment elle cachait ses objets du quotidien dans des boîtes à chaussures, un coffre à bijoux ou derrière les rideaux d'une étagère : jouets, billes, journaux, cartes de souhaits, boucles d'oreilles, chewing-gum, collier, balle de tennis, graines de légumes, photos de famille, roches trouvées. Sa mère l'appelait «ma pie voleuse», aussi tendre qu'inquiète.

J'ai été touché par cette jeune femme qui me racontait son enfance. Par ce récit sans prétention, juste vécu. Des moments rares aujourd'hui. Sans cynisme ni ironie. Sans morale ni écho. La vie simple. Comme celle, quotidienne et entière, des pauvres quand ils ne se plaignent pas de leur pauvreté. Et pourtant. J'ignorais encore tout de Branka.

Elle avait une bague à l'annulaire gauche. Un anneau en or serti d'une pierre bleue. «T'es Poissons ou mariée», que j'avais dit. «Non», elle avait juste répondu.

«Là j'ai une raison pour t'embrasser, elle avait dit entre la première joue et la seconde, avant de partir ce soir-là.

— C'est quoi?

— J'ai passé une belle soirée et j'aimerais ça te revoir.»

Un homme amoureux ne connaît pas l'hésitation. Même en déséquilibre. Jamais. C'est sa seule certitude verticale. «Je serai à New York la semaine prochaine», j'avais dit. Et on s'était vus dans un *diner* à Jersey City. Et elle m'avait parlé de *Docteur Jivago*. Et on avait pris un taxi. Et elle était tombée enceinte.

Automne 1969.

Sarah avait vingt-neuf ans. Elle et Henry s'étaient fiancés avec une bague en juillet. Onze semaines de grossesse. Le ventre doucement bombé juste en dessous du nombril. Les seins sensibles et durs. Onze semaines à vomir chaque matin. Exténuée de fatigue dès le réveil. Souriante quand même parce que sa nausée valait plus que le vertige de ne rien avoir dans le ventre. Ce que des douzaines de mois jusqu'alors lui avaient rappelé comme un chapelet de mauvaises nouvelles depuis qu'elle connaissait Henry et qu'ils «s'essayaient». Elle avait tant voulu un enfant de lui quand il était au Vietnam. «Juste au cas», qu'elle se disait. Henry aurait pu survivre à travers elle, advenant sa mort en soldat. Et ensuite à travers l'enfant.

Ils n'en avaient jamais vraiment parlé, de la mort. Ils n'étaient pas encore mariés et voulaient fonder une famille. Elle surtout. Fiancés depuis le soir où on avait marché sur la lune. Le même soir aussi où elle était tombée enceinte.

Onze semaines plus tard. Henry était à la banque. Il avait reçu un appel. Jamais elle ne l'aurait dérangé au travail. Ce matin-là, elle avait des crampes louches. Des crampes différentes. Quand il est arrivé à l'apparte-ment, Sarah était assise en silence à la table de la cuisine. Un silence de jour, rare, étrange. Elle buvait de l'eau dans une tasse en céramique beige. Elle avait une grande serviette de bain entre les jambes. Sa robe relevée au-dessus des cuisses. Henry n'a rien dit. Il a remplacé la serviette ensanglantée de Sarah par une propre. Il l'a embrassée sur la nuque et il est allé rincer la serviette rouge dans le bain. C'est seulement sur ce sang et cette eau, à genoux, la tête penchée au-dessus du robinet, qu'il a pleuré.

Pour tout le reste, il devait être fort.

Il a retiré la forme de chair, déjà raidie, de la cuvette des toilettes. Il l'a mise dans une boîte à chaussures avec du papier journal, qu'il a déposée sur le pas de la porte. Il a enfilé son manteau de feutre gris, calé une casquette des Mets de New York, et il a marché avec la boîte dans les rues du quartier. Il l'a laissée dans un conteneur à déchets et il est revenu à la maison. Il s'était souvenu que, dans l'armée, on lui avait enseigné de ne jamais «marquer» physiquement la mort d'un proche. Parce que la stèle du deuil est soit trop loin, dans un autre pays, soit trop proche, sur un chemin quotidien. Le deuil ne se vit qu'une fois et il doit être parfait. Sinon la mort est comme un cancer lent, et on finit par l'accepter. Ce qu'il ne faut jamais, jamais faire.

On l'avait préparé à des millions de drames hypothétiques. Peut-être des milliards. Mais jamais aux deux ou trois qui comptent. Ce n'était pas le bébé, mais le poids des projections déçues de Sarah qui l'écrasait. Pulvérisé en sourdine, comme par les bombes nucléaires dans les films d'archives, par tout l'espoir d'une femme pour son enfant qui n'existerait pas. «Le seul contraire de Dieu», qu'il s'était dit.

Ce qui suivrait, c'était juste des heures. Réconforter Sarah. Lui faire sentir, même dans son absence, qu'il était là. Réconforter la femme qu'il aimait. Laver les serviettes. Nettoyer le plancher de la salle de bain. Jeter la robe.

Désamorcer les gestes et les faits qui auraient pu devenir des souvenirs. Faire disparaître les traces d'une fausse route. Tout ça dans le silence d'une complicité malheureuse. Sarah et Henry ne se rendraient même pas au luxe de fabriquer du sens. Ils n'en parleraient pas avant longtemps. Pas avant aujourd'hui. Sarah avait nommé. Toutes les choses. Tous ces détails dont il se croyait le seul gardien. Sarah avait tout vécu. Elle se souvenait, dans un élan d'empathie, sans doute, pour ce que moi je lui avais raconté de Branka. Pas nécessaire de confier son malheur à soi pour rencontrer l'autre. Mais certaines histoires nous apprennent à vivre. La Fontaine, Romain Gary, Anne Hébert. Henry était impressionné. Son silence. Un temps pendant lequel le poids devenait une douce vapeur. Elle avait tout vu, ses gestes et ses retenues. Ses efforts pour lui épargner la foudre, le malheur, le heurt sans nom, pour ne pas qu'elle ait à revivre ne serait-ce qu'une seule seconde de cette transper-çante tristesse. C'est pour ça qu'elle avait aimé cet homme. En voyant à travers lui, ce Henry qui se croyait aussi étanche qu'une chape de plomb. Elle l'avait transpercé comme une onde. «C'est pour ça que je l'aime», il s'était dit. «C'est pour ça que je l'aime», elle s'était dit.

Sarah savait. Henry l'admirait. Il y a toujours un moment, longtemps après l'usure des jours et des mots, où être deux se sublime. C'est à cet endroit seul que le projet d'être deux finit par devenir profitable. Avant, c'est juste une illusion.

Henry, qui croyait avoir vécu le plus justement du monde, en secret, des épisodes de profonde solitude, se découvrait observé. Ses gestes validés par les yeux d'une femme avec qui il voulait franchir le précipice. Sarah voyait les gestes qu'Henry faisait pour lui en cacher d'autres. Depuis le début. Au premier degré. Le plus simplement. Celui qui n'a pas besoin d'être expliqué. Une omniprésence rassurante. La bienveillante inquiétude d'une mère une nuit de fièvre. «Comme l'idée qu'on se fait d'un dieu», j'avais pensé. L'indissociable nécessité d'être deux pour qu'une des deux entités soit toute-puissante.

Sarah m'avait regardé, sans sourire, sans question. Juste entendu. Un acquiescement sans sous-texte. «Il y a des moments qui n'ont pas besoin de nous, hein?» Branka?

Henry s'est levé. Il m'a servi du thé à nouveau. Tiède. Sarah m'a demandé si je voulais qu'elle le réchauffe au-dessus de la chandelle. J'ai dit non. Les gestes qui tournent les pages. D'autres qui marquent des chapitres et nous permettent de respirer. Et d'autres enfin, tels des garrots qui retiennent et engourdissent le mal le temps que les secours arrivent. C'est quand on libère le nœud que la douleur ou le poison se répand, un moment où l'on doit être prêt à sentir se raidir les milliards d'aiguilles qui se dressent subitement dans nos veines. Dans le meilleur des cas. Pour les autres, il faudra traîner leur poids et la menace.

Henry m'a dit: «C'est plus facile à deux.» Il l'a embrassée dans le cou comme ce jour-là. Tendresse.

ÉTÉ 1986.

«Fuck! Ralentis, Stan! sinon je descends…» Je crois que j'avais crié. En tout cas, c'était sans équivoque. Nous avions seize ans. Stan avait eu son permis de conduire le premier, dès avril. Son père avait toujours besoin de lui pour faire des courses et conduire les tracteurs ou les machines agricoles sur les routes publiques. Il lui avait aussi acheté une Plymouth Reliant K 1983. Cette voiture merdique n'avait aucune puissance, et Stan enfonçait toujours l'accélérateur pour se le rappeler.

Il y avait un passage à niveau à la croisée des routes du village, avec une telle dénivellation que chaque fois qu'on la passait, même à basse vitesse, le cœur nous sautait dans la poitrine. Comme quand on se jetait de la falaise derrière chez moi, dans la rivière Saint-François, en été. Une réaction de vertige biologique. Je me souviens que mon père nous demandait toujours, à ma mère et moi, si nous voulions «faire la bosse». Toute mon enfance j'ai dit oui. Avec cette confiance aveugle en mon père.

Trente mètres plus loin, la croisée entre la route nationale, la 205, et la route principale de Saint-François. Mon père ne roulait jamais assez vite pour manquer l'arrêt obligatoire. Le plaisir de se faire «lever» le cœur se terminait toujours par des rires, des «encore» et un arrêt au coin de la rue.

Stan avait monté le volume de la radio. C'était l'été de *Livin' on a Prayer* de Bon Jovi. Il avait collé l'accélérateur au plancher en tirant fort sur le volant. Puis il avait fixé la route droit devant. La vitesse. «Ralentis, Stan! sinon je descends.»

Quand on a sauté le passage à niveau du chemin de fer, mon cœur a réagi comme dans les meilleurs manèges des grands parcs d'attractions, avec tout le plaisir que la peur encadrée et sécuritaire peut permettre. Sans les doutes. Une moitié de peur seulement.

Les quatre roues de la Plymouth ont quitté la route après les rails. Nous avons été suspendus horizontalement une ou deux secondes; une impression de temps cinématographique, quand l'adrénaline déforme la conscience et ralentit le décor.

Mais quand la voiture a touché l'asphalte, c'est là que j'ai eu vraiment peur: Stan avait toujours la pédale enfoncée, les mains soudées au volant et les yeux plus loin encore. Ce n'était pas la track du train qu'il voulait se faire, mais l'intersection juste après, en brûlant l'arrêt, sans vérifier, ni à droite ni à gauche, si des voitures pouvaient surgir.

J'ai d'abord fixé l'écriteau ARRÊT/STOP en tentant de le faire disparaître par magie. Sans succès. À cent quarante kilomètres heure. Devant, à droite, une vieille grange, à gauche, un boisé dense. La route nationale à trois chiffres n'avait pas d'arrêt. Une ligne droite.

Les hasards n'existent pas. Mais les accidents oui. Je me souviens, la seconde suivante, avoir regardé l'intersection à travers la lunette arrière du passager. Je ne crois pas avoir vu de voitures. Quand on a seize ans, c'est par illusion qu'on s'estime chanceux d'être toujours vivant après un truc pareil.

J'ai voulu descendre quand j'ai senti la voiture prendre de l'élan. Mais secrètement, j'avais quand même de l'admiration pour Stan. «Le risque est sexy», avait chuchoté Branka quand je lui avais dit pour la première fois qu'elle était belle, la fois des oursins.

Nous n'étions pas morts ce soir-là, à l'intersection des routes. J'ai compris après qu'on dépend trop des trajectoires inconnues et que, chaque fois que le combat a lieu, l'euphorie de la victoire justifie toutes les fins. Même quand on perd, l'onde de choc se transforme en signification pour les survivants. C'est ce qu'on a fait avec James Dean et Jackson Pollock.

Ce n'était pas de Stan que j'avais eu peur. Mais de moi.

OCTOBRE DERNIER.

Branka faisait du ménage. Nous étions chez elle, dans l'appartement du New Jersey qu'elle partageait avec sa mère. Celle-ci retournait à Sarajevo la moitié de l'année, de septembre à mars. «C'est sa période de l'année préférée.» Les souvenirs d'enfance y sont attachés plus serré. Aussi à cause des Jeux olympiques de 1984. «Pour une fois que l'histoire du monde se passait chez nous.» C'était dans leur cour. Branka avait presque quatre ans. Son père n'était déjà plus là. Il ne l'avait connue que onze mois avant d'être tué par un mur de briques qui s'était effondré sur lui au travail. Hormis quelques photos Polaroid jaunies des années soixante-dix, elle n'avait pas d'image de lui dans sa tête. Sa première représentation imaginée d'un homme était celle de ce corps presque nu, portant une culotte de tissu blanc, attaché et cloué par les mains et les pieds sur une croix en bois, juste au-dessus de sa porte de chambre. Ce même crucifix empoussiéré qu'elle avait imploré du regard quand le soldat l'avait entraînée de force dans sa chambre de fillette en 1992.

«J'aimerais que ça soit un garçon», elle avait dit en tordant un chiffon au-dessus du lavabo. Elle avait les cheveux attachés derrière la tête par un élastique rose, une couette haute, et deux *bobby pins* de chaque côté de la tête. Je n'avais pas répondu.

Je pense qu'elle croyait à autre chose. À *autre* surtout. Surtout pas aux clichés touristiques des grandes religions. « Si un jour saint Pierre appelle mon nom et si je me doute que c'est vraiment lui, je lui demanderai de répéter mon prénom la tête en bas, les pieds au ciel. »

« Je déteste la pâtisserie », qu'elle avait dit juste après. « Parce que le sucre demande trop de précision. » Elle avait mis au four un mélange de gâteau blanc Betty Crocker à la vanille. Je m'étais approché d'elle par-derrière. « Viens pas marcher à côté de mon gâteau ! »

Réussir une pâte à choux ou des brioches à la cannelle exige des instruments précis comme une balance et un thermomètre. Aucune marge pour le hasard. « Je préfère la science de l'hésitation. »

L'amour est spectaculaire, j'avais pensé. Mais il devrait toujours se terminer au premier acte. Après un seul tour. Maintenant. Nous devons tous tendre vers un centre. « C'est d'ailleurs dans cette gravité unique et parfaitement circulaire qu'on devrait mourir », qu'elle m'avait fait lire un jour dans un roman américain. Autour de soi.

Branka est morte à l'intérieur du bonheur. Il lui manquera toujours des douleurs et quelques années. Dans la lunette d'un télescope, elle n'aurait pas pu aller jusqu'à la limite de son expansion.

Aujourd'hui.

Je devine qu'en prenant place dans la fusée, la semaine dernière au Kazakhstan, Stan s'est trouvé plus calme qu'il ne l'aurait cru. Un voyage dans l'espace ne sera jamais un exercice de routine, mais il a dû anticiper sa nervosité. Et pourtant, il commettrait cet acte sans arme et sans équipement. Rien donc à dissimuler. Une arme de poing avantage toujours le porteur parce qu'elle se cache dans une poche de manteau, mais elle peut aussi être décelée. À moins de la faire disparaître parfaitement. Incinérée, coulée dans le béton ou jetée au fond d'une rivière. Quand elle disparaît, plus rien ne prouve le crime. Il n'existe plus.

Même si Stan avait été nu, personne n'aurait pu voir en lui l'intention et le dessein. C'est dans la tête que les détentes des armes qui tuent des hommes sont d'abord pressées, dans des concepts qui relèvent aussi de notre évolution. On suppose.

Il croyait très certainement que j'aurais fait lire son message à Branka à cette heure. Que je lui aurais déjà tout raconté en tentant de la convaincre ou de la rassurer dans sa chute. Il s'en trouvait très certainement soulagé. Une bombe silencieuse et lente, qu'il a portée presque entièrement seul depuis cette

141

banlieue de Sarajevo en 1992. Il aura sûrement pensé, écrasé au fond de son siège par une force lourde et sans forme, que la puissante poussée des réacteurs qui l'arrachaient à la gravité terrestre lui faisait l'effet d'une saignée ; que l'apesanteur de l'espace le déchargerait d'un autre poids. Le sien. Pas celui des kilogrammes, mais celui de la culpabilité.

Il a peut-être revu nos enfances et s'est imaginé le devoir moral dont j'allais m'acquitter. Il s'est dit que je lui devais ça.

Je n'ai pas remis à Branka les mots de Stan.

C'est toujours les histoires de nos enfances qui refont surface quand on sent le malheur se rapprocher. Il a peut-être repensé à ce chiot labrador qu'on avait sorti d'un égout pluvial et sauvé d'une mort lente ; ou à ce chat qu'il avait torturé avec sa clé de maison. Entre nos gestes de héros et ceux plus cruels, nous avions été des enfants qui apprenaient la vie.

Nous avions onze ans. D'une main, Stan avait serré très fort le cou du chat, et plus l'animal se débattait en cherchant à le mordre et à le griffer, plus Stan serrait et lui piquait sa clé dans les flancs. Comme une vengeance qu'il provoquait et entretenait. Le chat a arrêté de bouger, engourdi. Stan l'avait déposé au sol et s'était sauvé. Je ne me souviens plus si la bête respirait encore.

Je me souviens par contre du bruit humide et lent de l'os du crâne qui a craqué sous mon pied.

La fusée continuait son ascension. Stan allait se soigner lui-même de ce qui lui faisait mal. Anesthésiés au mensonge, à la novocaïne ou à l'alcool. Ça semble si simple de se mentir pour continuer. «Non, non, ça ne fera pas mal, et tout ira mieux après.»

La majorité d'entre nous éviteront les deux ou trois sentiments qui comptent et la seule véritable pulsion en trouvant refuge dans une consolation matérielle.

L'approche de la tribalité donne l'heure juste. Stan a combattu pour une cause qui n'était pas la sienne. Elle l'est tout de même devenue. Il ne l'a pas choisie. Il a rejoint les Serbes, croyant naturellement à l'orthodoxie. Dans une heure trouble de l'humanité, qui revient fidèle comme une planète. L'heure qui ordonne de tuer tous les autres du camp ennemi. Les femmes, les enfants, les vieillards, les malades. Sarajevo a perdu dix mille citoyens dans la mire des *snipers*. Des cibles immobiles, faibles et civiles. Quand il a compris les enjeux et l'absence de sens, à l'intérieur comme à l'extérieur de lui, il est parti. Après trente-neuf semaines.

«La démocratie semble être le contraire d'un système qu'on n'a pas encore nommé.» Nous parlions du communisme. Branka a certainement été dans la mire d'un télescope plus d'une fois. Cet homme, ces hommes n'ont pas pressé la détente pour des raisons qui leur sont propres. Par manque de courage, par envie, par déviance, par lucidité? Les moments d'instinct sont-ils ce que nous sommes véritablement?

Stan n'a pas tiré sur Branka dans le jardin en juin 1992. Il l'a violée à la fin août. C'était assez. Plus tard en octobre, il a fait éclater ses trois citrouilles mûres dans le potager après qu'elle eut fui vers Paris.

LE JOUR DE L'HALLOWEEN.

On marchait dans Jersey City. Elle aimait marcher avec son ventre rond. Paraît que c'est bon pour la mère et l'enfant qui pousse. Un truc de circulation et de gravité. Même s'il est plus facile d'accoucher debout, les enfants sortent de femmes étendues sur le dos.

De l'autre côté de la rue, une école, une cour d'école, une cloche qui sonne, des enfants qui sortent, des parents qui attendent. Un homme déguisé en cow-boy au milieu des gens avec une sorte de parapluie en bois auquel sont accrochées des dizaines de barbes à papa rose-bleu-jaune à vendre, des voitures stationnées en double, des autobus vides qui attendent.

« Tu penses à lui des fois ? » qu'elle m'avait demandé. « À qui il va ressembler, à ce qu'il deviendra plus tard. » « Non », j'avais répondu. Je n'étais pas rendu là. Elle avait un sourire, elle regardait ailleurs. Ma tuque des Yankees. Elle avait une main sur le ventre en permanence. « J'aimerais beaucoup aller à Turin ce printemps. »

C'est aussi pour ça que je l'aimais. Parce que, même athée, elle admirait les églises, parce que, même athée, elle voulait voir le saint suaire. « Ce qui trouve le moyen de nous survivre en silence à travers les siècles nous définit plus que nos paroles et leurs intentions, même si c'est à un degré qu'on ne comprend pas immédiatement, il faut faire confiance à ce qui traverse les âges.» Branka s'était construite de pierres et de mortier. Et de chaux vive.

Je me suis dit que je devrais sortir de chez Sarah et Henry et aller à Turin, pour faire comme elle aurait souhaité.

L<small>E</small> <small>PREMIER SAMEDI DE NOVEMBRE.</small>

« Y a juste le temps qui peut nous justifier. » Elle lisait David Foster Wallace. Branka ne fréquentait que des auteurs américains. Cormac McCarthy, Susan Sontag, Joyce Carol Oates. Depuis Paris, elle ne lisait plus les Français. « Plus personne de contemporain en France, ils écrivent et se parlent en circuit fermé, délimité par leurs frontières et par le souvenir de ce qu'ils ont été. Ils sont des sens uniques. Leur définition du présent est uniquement échafaudée sur un passé historique. Avec son vin, son fromage, sa bavette et ses escargots, la France n'est plus qu'un grand musée où l'on mange bien. » Elle avait vécu en France assez longtemps, même blessée par cet homme qui l'avait laissée, pour comprendre que « quand la langue d'un pays se travestit pour plaire, s'oxyde autant par les mots d'une autre, en l'occurrence la langue américaine, elle accélère sa chute ». C'est par la langue qu'on pressent la mort des idées. On ne déclare pas officiellement sa mort. Elle met un costume plutôt, se maquille, porte des talons, se dilue et s'érode comme un bord de rivière. Elle survit ensuite par des artifices, des concours et l'illusion d'être la reine du bal. La vie se mesure dans la cuisine, pas au palais. Il nous semblait à Branka et moi que la langue aussi se jauge dans le quotidien : t'as besoin d'aide pour ton bain ? Ou : t'as vu comment la fille regardait mon sac Hermès ?

Branka croyait que la langue et la culture françaises disparaîtraient avant la tour Eiffel. L'érosion du fer ne s'accélère pas. Mais elle a son rythme. Immuable et constant. Un millimètre tous les onze ans. La structure, instable et dangereuse pour la sécurité publique, dirait la présidente de la République, avec tristesse – la mort dans l'âme –, devrait être détruite au tournant du XXIIᵉ siècle. Ainsi vont les symboles et les merveilles. Comme nos corps. On rebâtira un autre monument.

Elle n'est jamais retournée à Sarajevo non plus.

Tes larmes ne me font pas peur, Branka Svetidrva. Elles m'inquiètent, mais elles ne me font pas peur. En ce début novembre, on mangeait dans un restaurant de Brooklyn qui s'appelait THE END, dans Williamsburg. Elle portait une robe de maternité verte. «Comme celles de Stella McCartney cet automne.» Courte, sur des collants bleus, tissés, en coton, avec des motifs. Je voyais la peau de ses cuisses à travers les mailles. Des seins pleins. Juste assez décolletée pour faire un effet. Un soutien-gorge noir, que j'apercevais aussi. Elle a passé une main sur son sein droit : «Ne brise jamais tes vœux.»

Et elle a pris une gorgée de vin rouge dans mon verre. «Il n'y a qu'eux qui comptent.» Elle a ajouté : «Danse avec moi, ici, là.» Je l'ai rejointe sur son côté et je l'ai enlacée, en silence. On n'a pas dansé, mais on est restés collés plusieurs minutes. Son ventre entre nous.

«T'aimes trop», que j'ai pensé. Je me suis trompé. C'est pas possible. Les vrais sentiments ne sont jamais cyniques. On le dit partout. Dans le pire des cas, ils étouffent ou sont inconfortables, mais pas ici. Pas ici maintenant. Nous existons un peu plus à cet instant précis. Pas ailleurs.

Je me suis promis.

Dans tes bras ce soir-là exactement. J'ai su ce que tu demandais.

Nous étions rendus ici. Nulle part ailleurs. Gettysburg, Waterloo, la Normandie, Pearl Harbor, Berlin, Stalingrad, Ho-Chi-Minh, Sarajevo, Pretoria, Kigali : on traverse les feux. Dans cette seconde. Étirons-la. Ça n'arrive qu'en amour et dans l'ivresse de se croire éternel. L'euphorie encore. Un rêve améri-cain.

Deux heures plus tôt, elle pliait du linge pour bébé. «T'as pensé à un prénom?

— Non, j'avais répondu. Toi?

— J'ai toujours aimé Emmanuel. Au début de mes cours à l'université, à Paris, j'ai lu Kant dans un cours de philo et j'ai pensé que je pourrais aimer un homme qui s'appelle Emmanuel.»

Et elle m'a dit que, dans sa liberté la plus absolue, de sa propre volonté, la seule véritable intention de l'humanité devrait être de briser sa Nature. La seule évolution possible.

Je lui ai promis de ne pas briser mes vœux.

J'étais allé pisser. J'avais craché rouge-bleu sur l'eau de la cuvette en même temps que je pissais. Le vin. De la même couleur que ses bas. J'avais tiré la chasse. J'ai passé toute ma vie à penser qu'à certains moments j'existerais plus qu'avant et après. «Briser notre propre Nature.» Comme Œdipe. Comme Médée. Se libérer de la chaîne. Et de la soudure. Ne pas aspirer au bonheur, ne pas subir ses croyances, prouver l'inexistence de Dieu en traçant soi-même le contour du trou vide. C'était maintenant. J'étais au centre. Le mien. J'avais trente-neuf ans. J'en vivrais sûrement quatre-vingt-trois. Branka avait vingt-neuf ans. Elle en vivrait vingt-neuf.

Elle aurait voulu aller à Turin ce printemps. Le saint suaire. Jamais compris pourquoi. J'avais sa tuque, trouée, tachée de son sang encore collant, dans la poche gauche de mon manteau. «Dans *Fides et ratio,* son avant-dernière encyclique, Jean-Paul II avait écrit : "Un peu de science nous éloigne de lui, beaucoup de science nous y ramène." » Et elle avait ajouté : « Et trop de réalité nous force à nous soustraire du reste. »

«Je veux juste qu'on me saisisse.» C'est ce qu'elle avait dit une des premières fois qu'on s'était revus.

J'ai aussi raconté à Sarah et Henry que l'organisme privé pour lequel je travaille, Antimatière, peut faire disparaître toutes les traces électroniques d'un événement en effaçant les recensions écrites de la presse et du web. En misant sur la faiblesse de notre mémoire et le peu d'intérêt pour autrui, cette entreprise a un taux de réussite presque parfait. Histoires de corruption, scandales politiques, accusations fondées ou non, ma réussite se base sur le contraire exact de la propagande : moins on en parle, moins ça existe. On efface les sources, dans les blogues, les agences de presse, les articles, jusque dans les encyclopédies en ligne. L'information est liée à la vérité autant qu'au mensonge. Sans discernement. L'équation n'existe plus quand on retire une des variables. Ne subsisteront que des souvenirs, avec toute la faiblesse de leur preuve disparue. On n'a qu'à faire disparaître l'arme et le motif. Et surtout, nous restons anonymes.

La vérité devient alors une rumeur, une légende urbaine, jusqu'au doute. Il n'y aura, quelquefois, que certaines amours ou vengeances pour survivre à l'absence et aux années qui diluent tout. La vengeance surtout.

« Si on ne se raconte pas, on disparaît. » Même pour soi. Naturellement. C'est un mécanisme d'autodestruction. De naissance.

Stan était presque un frère. Celui à travers lequel on vit. Celui auprès duquel on ne peut pas autrement concevoir ses jours. C'est aussi une forme d'amour. Après l'amour vertical de la mère, il y a tous ceux, horizontaux, par lesquels on est filtré.

Stan m'avait dit à Paris : « Ils sont où, tous les moments magiques promis ? » Parce que même dans cette seconde chance avec Branka, il n'en trouvera pas. « On nous ment parce qu'on veut qu'on nous mente. » On peut croire aux ailleurs. Au destin. À l'instinct magique du monde. À un ordre qui nous surpasse. Un conte de fées. On baisse les yeux. Et on s'épanche dans l'évitement du divertissement. Dans ses mimiques rassurantes.

Stan, même dans son idée du bonheur avec Branka à Paris, avait une guerre au fond de lui. Pas une guerre imagée métaphorique, mais un champ de bataille haineuse juste au centre. Une masse, logée au ventre. Il avait cru pouvoir s'en départir en l'étouffant dans le quotidien. Elle ne se dissipait pas. Elle allait et venait, à sa guise, entre le murmure et le cri. Comme un cancer.

Nous avons tous un embâcle. Le sien craquait. Stan n'était qu'un spectateur obligé, incapable de regarder ailleurs. Il avait pourtant tenté. L'alcool. Le travail, les études. Les autres. Mais le prix de l'oubli était trop élevé. Il serait astronaute.

Il avait cru qu'il pourrait vivre avec un minimum de confort en oubliant. Sa faute à lui, il ne l'expliquait plus depuis des années. Incapable de savoir pourquoi il avait posé ses gestes. Il n'allait plus voir là. Il avait compris tous les efforts déployés pour éviter d'avoir à se justifier. Une soupe de bactéries, la vie. Trois ou quatre hasards, quelques mots et une conscience plus tard. Des règles et des transgressions. Des religions se racontent et s'inventent des débuts et des fins. Y croire. L'immensité du vide devait être comblée par la métaphore de soi. On va devoir vivre un autre siècle de solitude sociale.

Stan aurait pu avoir la foi, devenir dévot comme d'autres deviennent junkies. Ou se noyer dans le travail. Ou se perdre en chemin. Devenir une épave ou un prix Nobel. Rassuré momentanément par d'autres. Il avait décidé, seul un soir d'insomnie, qu'il affronterait sa responsabilité avec l'héroïsme d'une vengeance juste : avouer au monde entier une faute et un amour. Dans la même phrase.

Ulysse avait bien refusé la vie éternelle que lui offrait Calypso. Il avait préféré la finalité avec Pénélope, sa femme, et son enfant. Plus simple. Parce que l'échéance nous force à dire et à raconter. À viser le centre.

Branka : « Pourquoi devoir se consoler par des petits bonheurs ? » J'aurais aimé te répondre : « Parce que les grands ne semblent plus à notre portée. Ils sont si simples et si peu nombreux qu'ils nous échappent. »

Elle avait ajouté : «Le dépit des grandes choses nous raccorde artificiellement aux minuscules illusions spontanées d'être heureux. Alors qu'une main sur la hanche, un regard soutenu, une caresse venue de nulle part suffisent, dans leur grandeur, à nous prouver hors de tout doute l'impossibilité de plus grand que soi. L'humilité cosmique.» Croyance ou pas. Branka m'avait juré qu'elle me montrerait la chaise vide de Dieu.

Peut-être à notre fils, mais pas à moi.

Et puis ce coup de feu hier soir. Dans l'explication de cette mort soi-disant subite, il y aurait autant d'évangiles que de pages blanches. Mon sens. Elle était juste là, ma vérité, cachée comme une perle. Maquillée comme une pute.

Lᴀ ᴅᴇʀɴɪèʀᴇ ʜᴇᴜʀᴇ.

Vingt-quatre heures plus tard, j'ai compris que rester chez Sarah et Henry ne serait qu'attendre une suite touchante qui n'arriverait jamais. C'était le moment de partir. J'aurais voulu retarder le départ, parce que se raconter nous raccorde aux autres. Eux à moi et moi à eux. Et parce que ça libère de dire. Ne pas garder ses bombes. Ne pas garder ses bombes. Ne pas garder ses bombes. Et pourtant c'est le tic-tac de l'explosion qui oblige à être ce qu'on est vraiment. Je coupe le fil bleu ou le rouge?

Près du geste final. Loin du feutre d'Hollywood. Loin de la rédemption et des effets spéciaux. À l'écart de cette polarisation simpliste qui tente d'expliquer ce que nous ne sommes pas. Nous ne sommes pas dans un duel. Mais dans un labyrinthe de morts possibles.

«Comme le fossé entre les riches et les pauvres, l'écart n'est pas plus creux aujourd'hui que dans la préhistoire, il déborde simplement de ceux qu'on a jetés dedans.» On marchait sur Fifth Avenue.

Stan croyait que le décompte du départ sur la rampe de lancement l'amputerait d'un mal. Il s'était avancé dans un dernier corridor. De son propre chef. Il avait pensé à Branka. Il l'avait revue en enfant de douze ans. Il avait souvent tenté de repousser la scène le plus loin possible. De l'enfouir sous des milliards de tonnes de béton. Radioactive. Il devait maintenant la rejouer jusqu'au vide. Il l'avait aussi revue, avec lui, adulte. Dans leur appartement, chez le boulanger, au musée, la nuit, au restaurant, quand elle coupait les tomates. Il s'est revu, lui, à l'admirer en silence et à vouloir aimer cette femme jusqu'au pardon. Sans qu'elle sache. Si seulement, sans qu'il le demande, par le plus improbable des miracles, elle avait juste dit : « C'est OK, on continue. »

Elle ne saura jamais. Morte quelques heures avant.

« Nous gravitons tous autour d'un centre. » Et quand on s'approche d'une échéance, d'une planète ou d'une vérité, des forces nous font dévier. Une trajectoire parfaite est une aberration. Il y a toujours des écarts. De tout l'ordre du possible, la seule fabulation de l'esprit, c'est la ligne droite. Impossible, inexistante.

Je ne crois pas que Branka aurait pu être plus heureuse et réparée qu'hier en fin de journée, juste avant de mourir. Ni elle ni moi n'avions de famille autour de New York. On avait décidé d'aller faire une longue promenade, en cette veille de Noël. Elle avait juste dit : « Ça me ferait du bien d'aller marcher. » On venait de faire l'amour. Une dernière fois. Elle voulait marcher. Tout ce que je voulais, c'était lui éviter d'apprendre le nom de cet astronaute au-dessus de nous. Toutes les télés du monde en parlaient depuis quelques heures. En direct. On allait connaître son identité très vite et on se demanderait inévitablement qui était cette *Branka Svetidrva* dont il allait prononcer le nom en vidant ses poumons.

La mort de Stan était lumineuse. L'espace vide et froid était finalement entré en lui. Dans ses valeurs. En deux actes. Une rime magique. Parfaite. Comme si la consonance pouvait être une réparation.

Trois mois après sa fausse couche, Sarah avait voulu adopter un enfant. Elle n'aurait pas la force de recommencer de l'intérieur. Surtout de subir une autre mort. Elle avait demandé à Henry ce qu'il en pensait. «Bonne idée», avait-il répondu, sans conviction. Il ne voulait que le bien de sa Sarah. Si calmer sa peine, peut-être même trouver une forme de bonheur, impliquait un enfant à aimer et élever, il serait là. Comme un père. Une fois la surprise et l'étrangeté de l'idée passées, il s'était dit que c'était ce qu'il fallait faire. On en fera quelqu'un de bien. Promesse de parents.

Sarah avait appelé le centre d'adoption de son quartier. Une infirmière lui avait dit de passer à l'hôpital pour une rencontre le mardi suivant. C'était en février 1970. Quand elle et Henry sont arrivés, au quatrième étage de Saint-Mary's Hospital, ils se sont retrouvés à l'étage des naissances. Henry n'a pas compris tout de suite. Sarah oui.

Ils ont signé trois formulaires. Le premier concernait leur statut civil et leur adresse. Le second, légal, était un *Formulaire d'adoption de l'État de New York,* et le troisième, saisi à la dactylo, leur demandait d'assurer au mieux de leurs connaissances les soins et l'éducation de l'enfant.

Février 1970. Sarah et Henry sont repartis de Saint-Mary's. Henry avec un sac de couches, un biberon de préparation lactée et une couverture blanche et bleue en flanellette, dans un sac de papier brun.

Et Sarah portait un petit garçon de six jours dans ses bras.

Elle aurait voulu demander à l'infirmière où était la mère de l'enfant. Morte? Grossesse juvénile? Viol? Mais elle n'avait pas la force d'entendre la réponse. Trop de braises dans sa tête heureuse. Elle était repartie, plus amoureuse encore de Henry, d'elle et d'un autre.

Sans sourire, mais dans une joie responsable et silencieuse.

Leur fils aurait eu le même âge que moi.

« L'avantage de la parabole, c'est que tout le monde croit y comprendre quelque chose. » C'est ce que Branka m'avait répondu quand je lui avais un jour dit que la Bible était une œuvre extraordinaire. On peut d'ailleurs l'ouvrir à n'importe quelle page, n'importe quand et arrimer ces mots anciens à notre présent. « J'adore les psaumes, mais j'aime aussi les histoires de vampires, ou les poèmes de Dorothy Parker, avec le même respect, et ça vaut autant que Nostradamus. »

Elle avait souvent des contractions. Elle se tenait le bas du ventre, immobile, puis se couchait le temps qu'elles passent. Elle fixait le plafond.

« J'attends toujours l'Œuvre définitive, celle qui me fournira une explication. » Elle avait cherché dans les livres.

Juste avant de partir.

Sarah a enfilé un manteau de fausse fourrure orange pour aller nourrir ses pigeons. Le jour est tombé. Ça fera bientôt vingt-quatre heures. Jusqu'où pousser les confessions? Elle et Henry ont écouté mon histoire avec toute la révérence du secret de confessionnal. Avec des gestes ralentis, Henry craquait des allumettes et allumait des bougies. L'alcool, épuisé, n'était plus d'aucune aide. Sans anesthésie, comme dans les histoires de grands-mères. À froid. Le bon vieux temps.

À la télé sonore, on relate toujours la vie de Stan. On cherche à l'expliquer. Je ne sais pas si j'aurais dû leur dire notre amitié. Leur raconter qu'on avait aimé la même femme. Cette Branka dont on connaissait dorénavant l'amour qui l'avait liée à Stan. On racontait aussi aux infos qu'une femme qui correspondait à sa description avait été trouvée morte au même moment, hier soir, au New Jersey.

Je me suis retenu. On s'attend toujours aux mêmes réactions devant le malheur: des cris, des larmes, une incompréhension divine, un mal de vivre qui pousse aux aveux et illumine l'instant. Ce sont des réflexes émotifs.

Je m'ennuierai de son cou. De ses odeurs, et du milliard de trucs qui nous définissent et nous attachent pour six ou sept décennies. Quand elle croisait les jambes, elle baissait les yeux. Avant d'être très enceinte, elle dormait toujours sur le ventre. Elle mettait du bicarbonate de soude pour laver la baignoire et, quand elle n'en avait plus, elle utilisait du dentifrice. Son réveil et sa montre étaient toujours réglés avec une quinzaine de minutes d'avance sur l'heure véritable. Elle faisait tourner entre ses doigts le pendentif de sa chaîne chaque fois qu'elle parlait du passé ou qu'elle me fixait dans les yeux.

T'auras jamais rien eu à me prouver, Branka. J'étais conquis. Dans l'admiration parfaite. J'aurais aimé corriger le tir. Faire dévier la balle qui t'a atteinte. Ou mieux encore, comme un héros en sucre, prendre le coup de feu à ta place. Un serpent qui se mord la queue. Et ne pas mourir tout de suite, avoir le temps de te dire combien tout peut être compris quand on le souhaite. Je n'aurais pas pu t'expliquer. Mes derniers mots auraient été des reliques. Continuer tristement de se faire bourrer jusqu'à la fin de la musique de la fin. De mensonges bleu, blanc et rouge. Comme aux défilés de la victoire. Parce que la moitié du malheur vient de nous. Ce sera à mon tour de te prouver que Dieu existe. Dans notre histoire, autant que dans la volonté d'un générique. Toujours assis sur un banc de velours rouge, assommés par ce qu'on vient de réaliser ensemble.

Les explications, même scientifiques, nous renvoient à l'idée d'un dieu. Alors qu'en l'absence d'oxygène, on ne peut même pas envisager de comprendre quoi que ce soit.

Branka aimait les moules. Elle a fumé longtemps. Elle roulait ses cigarettes. Elle avait même déjà voulu être religieuse aussi. Comme toutes les femmes que je connaissais. Se marier avec Lui, quelques instants seulement. Pour voir s'Il existait. Peut-être le mariage permet-il de voir si l'autre existe vraiment. Surtout le lendemain des noces.

Une de ses grands-tantes, une bonne sœur du côté de sa mère, lui a un jour dit que Dieu lui était apparu à son seizième anniversaire. Branka avait depuis souhaité que ça lui arrive aussi, à elle. Une apparition. Un moment irrévocable. Comme ceux dont on souhaite en silence qu'ils puissent être possibles. Lourdes. Fatima. Medjugorie. Aussi simplement. «Je crois que Kant a oublié de nous dire que notre propension à croire est aussi naturelle que la paresse et l'égoïsme», m'avait-elle dit alors qu'on marchait, un jour de l'été dernier. L'obsession de la croyance, comme une vieille couverture qui sent la penderie. L'odeur rassurante de la naphtaline.

On ne s'était jamais tenus par la main, ni par la taille. Parce qu'on avance plus vite quand on ne freine pas l'autre.

«C'est le décalage qui fait le plus mal.» Entre les promesses dont on se fait gaver pour endormir les jours. Comme les canards et les oies qu'on gave pour faire enfler leur foie. Entre les prières et celles qui se réalisent, il y a tout l'univers. «Ne brise jamais tes vœux.» Un écho. Je ne l'oublierai pas. J'ai juré que tu ne souffrirais plus. Ni par le corps, ni par la conscience de ce que tu étais.

Je me demande si elle savait. J'imagine que oui.

Le 1er JUIN 1992, les *snipers* serbes tiraient sur tout ce qui bougeait à Dobrinja, l'ancien village olympique de 1984. Stan était posté sur le toit d'un édifice d'une douzaine d'étages. Il ratait toutes ses cibles. Intentionnellement. Il avait eu, sur la croix de sa lunette, des dizaines de civils, sans considération pour leur religion. Quelques hommes, des vieillards. Des femmes et des enfants qui étendaient des chaudières et des bols de plastique vides sur la pelouse et les trottoirs pour recueillir l'eau de pluie. Il tirait à côté d'eux. «Le pire n'est pas de penser qu'on puisse être la cible d'un tireur, mais bien de survivre à un drame rapproché, comme la mort d'un parent ou d'un ami. Le hasard de la mort était insoutenable.»

Le 25 décembre 1992, Branka, enceinte de seize semaines, avait douze ans. À Sarajevo, on avait décrété un couvre-feu, pour permettre aux chrétiens d'aller à la messe de minuit. Dans la noirceur d'une ville assiégée, sans électricité ni eau courante, on allait quand même célébrer à l'église.

Ce 25 décembre 1992, Branka, à Paris, se faisait avorter.

Elle avait eu ses premières règles en mars. Juste avant la guerre. Juste avant le viol à la fin de l'été. La parente qui les avait accueillies à Paris avait essayé de les convaincre, sa mère et elle, de garder et porter à terme cet enfant. Cet acte de Dieu. Aussi violent fût-il. Parce que ses voies sont régies par des intentions qui nous dépassent. Mais elles obéissent à un dessein, semble-t-il. Qui nous échappe au moment présent, mais dont le caractère inévitable saura, un jour, nous rattraper. Elle avait dit tout ça en posant doucement sa main sur l'avant-bras de Branka.

La magie est dans l'avenir. Dans le sursis.

Branka sentait l'enfant en dedans. Elle sentait surtout la nature lui demander de l'aimer. Elle se battait. Les hormones et la biologie. Elle avait compris la différence, justement nommée l'intention. Mais la nature n'a aucune éthique. La nature ne veut que survivre, autant qu'une moisissure ou un rat. Et tous les moyens la justifient.

Même en donnant le bébé en adoption à des inconnus, elle l'avait envisagé, elle ne pourrait pas survivre. Parce qu'elle aussi était en guerre, contre Lui. Elle se battait, dans la musique feutrée et sous la lumière froide des néons fluorescents d'un cabinet d'avortement parisien. L'infirmière qui avait doucement posé sa main sur son avant-bras pour la réconforter ne pouvait pas deviner que, derrière ce regard fixe et trempé, Branka fixait un coin, exactement là où le plafond rencontre les murs. Elle s'était vidée comme une bombe qui touche le sol.

Ses larmes coulaient dans ses oreilles.

Je n'ai jamais dit à Stan que j'aimais Branka. Je lui ai seulement dit que, par le plus providentiel des hasards, on s'était rencontrés dans une fête d'amis communs à Montréal en mars dernier. Nous avions simplement été attirés l'un vers l'autre. J'avais deviné son identité immédiatement, quand elle avait tendu la main en me disant son prénom. Un torrent. Comment était-ce possible?

Stan n'avait pas répondu à mon courriel. J'ai attendu sa réponse plusieurs jours. Peut-être s'est-il silencieusement demandé comment ça pouvait être possible.

Branka était déjà enceinte quand je lui ai appris que je connaissais Stan. Je n'avais d'abord rien dit. Et puis c'était trop fort.

«Lui et moi, on a été très copains dans une autre vie, j'avais dit en novembre.

— T'as des nouvelles de lui?

— Non, je sais seulement qu'il est médecin dans l'armée et qu'il est astronaute pour l'agence spatiale russe.»

Après quelques secondes de silence, j'ai ajouté: «Je peux essayer de le joindre si tu veux.

— Non, à chacun sa vie», elle avait répondu. Et elle était retournée dans son livre, *La route*, les genoux repliés, assise dans le coin du divan bleu. Je n'ai jamais pu dire avec certitude si elle tremblait ou si elle était indifférente.

«Il y a des jours qu'on échappe.»

Sᴀʀᴀʜ ᴇᴛ Hᴇɴʀʏ ᴏɴᴛ éʟᴇᴠé ʟᴇᴜʀ ꜰɪʟꜱ avec tout l'amour qu'il était possible d'imaginer. Il est mort en Irak à l'âge de trente-trois ans, en 2003. Le rapport final de l'état-major du corps de l'armée de terre des États-Unis d'Amérique a conclu à un accident. Des tirs amis. Une mort absurde. Une balle perdue, tirée parce que la cible avait été mal identifiée. «La mort est déjà assez encombrante à surveiller de face, s'il faut en plus se retourner toutes les sept secondes.»

Sarah avait pleuré comme une mère. Henry, tiraillé entre la fierté militaire et le vertige de sa peine, s'était aussi dit que rien de ce drame ne serait arrivé s'ils n'avaient pas adopté cet enfant en 1970. Comme si tous les jours de nos vies étaient reliés. Ils ne le sont pas. Ça prend des années à accepter. Leur fils mort était une conséquence toute simple.

Sarah m'a raconté que cet enfant était devenu le sien. De ses premiers sourires aux dents de lait qui tombent, du premier jour à la maternelle à son premier but au hockey, de l'entrée dans l'armée aux peines de cœur causées par d'autres femmes, elle avait tant voulu ce garçon dont rien n'aurait pu présager l'amour avant leur rencontre. On devient souvent ce qu'on souhaite.

Une mère, un fils. Et on devient aussi souvent ce qu'on redoute. Endeuillé.

« Ça fera bientôt sept ans », que Sarah m'a dit quand j'ai mis mon manteau, juste avant de passer la porte.

Été 1979.

On avait neuf ans. Dans notre course, c'était un an
après la fin des petites voitures. Stan et moi, on avait
mis des cartes de baseball retenues par une épingle
à linge en bois, sur nos roues de vélos. Ça faisait un
bruit de moteur parce que les cartes vibraient contre
les rayons quand on avançait. Plus on pédalait vite,
plus ça ressemblait à un moteur qui s'emballe. On
avait ramassé des retailles de vieilles planches et on
s'était construit un *jump*. La sensation de s'envoler,
de s'arracher à l'asphalte était grisante. Et on élevait
notre tremplin de bois avec des grosses pierres et des
briques qu'on trouvait sur le bord du fossé. À tour
de rôle on s'élançait à pleine vitesse, la tête penchée,
pédalant de toutes nos forces pour atterrir encore plus
loin. Je me souviens que Stan avait dit : «On devrait
faire comme Evel Knievel.» Ça voulait dire mettre la
vie de quelqu'un en danger, pour se pousser plus loin,
en spectacle. Dans tous les rapports d'amitié, il y a des
rôles. Comme partout ailleurs : jamais égaux. J'avais
dit : «OK, je me couche et tu sautes.» J'avais pris soin
de noter la dernière marque de mon saut et avais dit à
Stan qu'il devrait sauter encore plus loin, que c'est là
que je me coucherais. On nous répète partout que le

salut de l'espèce passe par les limites qu'on repousse. La supercherie des Olympiques, d'une maladie en rémission, d'un chronomètre, de la douleur, d'un concours de hamburgers, d'un deuil, d'un saut, d'une croyance ou d'un record Guinness.

Branka aimait la crème glacée. Un soir, elle était assise devant son ordinateur et elle avait lu à voix haute avec une cuillère dans la bouche: «La mort est le contraire d'une centrifugeuse: c'est la seule chose qui nous attire vers le centre. La force gravitationnelle du deuil. Celui des autres, mais surtout celui qu'on redoute. Car même sans nous il existe: le bon sens de rotation des aiguilles. Les miettes qui tombent, le bonheur horizontal ne sont que des souvenirs heureux.»

Je sais que Stan et moi on a été plus loin à deux. Nous aurions arrêté avant la fin si nous avions été des inconnus l'un pour l'autre. Nous étions aussi un couple. Des amis. Ça permet de valider les choses. C'est aussi dans le regard et les gestes de l'autre qu'on se permet de découvrir qui on est. Pas dans les échecs ou les épreuves, plutôt dans la réussite qu'on soupçonne. L'importance du soupçon. Crucial.

J'ai regardé Stan pédaler de toutes ses forces, et même de celles qu'il ne se connaissait pas. Je m'étais étendu beaucoup plus loin que la dernière marque la plus éloignée. Un risque voulu. Comme les paris qu'on fait au Ciel en jurant-crachant. J'avais un t-shirt blanc trois-quarts aux manches bleues, Myrtle Beach écrit sur la poitrine. Des jeans Thoughskins et des Adidas bleu et blanc. J'étais à plus d'un mètre de notre dernier record de longueur. Quand la roue avant de Stan a frappé la rampe, le temps s'est arrêté. Je l'ai vu, lui, le regard loin devant, les mains soudées aux poignées de son vélo chromé et bleu, ses pieds ont arrêté de pédaler quand il a quitté le sol. Suspendu, une seconde peut-être. J'ai aussi senti son pneu arrière passer à un cheveu de mon front. Pourquoi la perception du temps change-t-elle dans les moments importants ? Pourquoi y a-t-il un autre rythme ? C'est chimique, paraît-il. Il a atterri sur mon bras droit en effleurant mes côtes. Je n'ai rien dit parce qu'il s'était planté en touchant le sol, dans un nuage de poussière, de gravelle, de bruit, de fracas et de douleur. Il souriait quand même parce que rien du drame n'importait. Le but était atteint. Celui de sauter par-dessus la marque. Il saignait des deux coudes et d'une cheville. Les croûtes de sang sur sa peau témoigneraient de l'exploit pendant des semaines. Le visage gris. Les cheveux raidis par la poussière. Les culottes déchirées sur le genou gauche. On avait vaincu quelque chose et on le savait.

Début décembre.

« Tu crois qu'on aurait pu être amis ? Elle venait de s'asseoir.

— Non », j'ai dit.

Elle m'avait regardé en souriant. Et elle avait déclaré que c'est à New York que le dernier homme de la Terre devrait s'éteindre. Dans les États-Unis d'Amérique. Dans ce qui a autrefois été une terre de rêves et de foi en attendant que mieux se présente. Dans les souvenirs dilués et les valeurs nostalgiques d'un mensonge politique et d'idéaux lézardés. Violés. Encore un décalage. La foi comme un réflexe quand on cogne en dessous du genou. Comme les nerfs qui meurent plusieurs minutes après le cœur et le cerveau. Une épilepsie de prière. Ou comme les ongles et les cheveux qui continuent de pousser plusieurs semaines après la mise en terre. L'échec de l'Amérique.

« Je vis dans une ville où un homme sans domicile marche dans la rue en ouvrant toutes les boîtes de pizza vides dans les ordures qu'il voit dans l'espoir d'y trouver des miettes parce qu'il a faim, et où un autre homme, au même moment dans un stade où on achète de la pizza, est payé vingt millions de dollars par année pour lancer et attraper une balle. » Le succès de l'Amérique. « Je ne suis pas indifférente ni cynique, c'est l'objectivité de mon observation qui m'inquiète. »

« J'aurais aimé vivre dans un monde où on aurait pu respecter nos valeurs, parce qu'il y a plus de gens qui connaissent Julia Roberts que mère Teresa, et c'est inconfortable. » Comment s'extraire de soi ? Si nous sommes aussi forts que le chaînon le plus faible, nous sommes morts. « Et nous sommes morts de toute manière. Tu sais quoi ? elle avait dit. Le projet me déçoit. Pas dans l'effort narcissique quotidien, mais dans l'espoir millénaire. » Les signes vitaux s'évaporent. Branka était enceinte. Les hormones sont-elles aussi liées aux idées ?

Je suis sorti avec Sarah qui allait nourrir ses pigeons. Ils étaient rentrés pour la nuit dans un ancien jeu de poche en bois transformé en colombier.

«Il est déjà trop tard, j'ai pensé à voix haute. Il va falloir continuer de consommer et d'augmenter notre consommation parce que sinon tout va s'écrouler. Nous avons tort de vivre en marge du capitalisme et du rêve, le ralentissement de l'économie fait plus de pauvres et nous force à concevoir l'incapacité du système. Alors que l'accélération crée plus de riches, avec l'espoir qu'un jour l'indécence leur donne la nausée et qu'ils vomissent un peu de leur ivresse sur les autres. Il se trouverait alors des pauvres pour les remercier.» Sarah avait hoché de la tête.

«Un jour, Perdikas demanda au roi Alexandre quand il croyait que les honneurs divins devraient lui être rendus, et le roi répondit : quand eux-mêmes seraient heureux.» C'était écrit sur le texte de promotion d'un DVD bon marché que Branka venait de trouver dans Chinatown. Elle l'avait lu en riant. «Écoute ça.» Elle avait continué en remettant le film sur la pile : «Les Grecs s'inventaient et se suffisaient à travers plusieurs dieux. Les Romains aussi. Et les civilisations qui ont suivi ont aussi échoué. Elles ont toutes failli. Ne reste que leurs histoires. Le besoin de s'expliquer toujours. Dans la déception.»

On adorait regarder les étals de poissons multicolores. «La plus efficace des histoires contemporaines, cynique et critique, semblera obsolète pour ceux qui suivront. Nous nous moquons des dieux anciens et de ceux des autres. Surtout des dieux immigrants. Juste assez pour tuer. Le mystère nous absorbe comme un brouillard. Contentons-nous de la peur d'être perdus. Ou seuls.»

Branka aimait nager. Être dans l'eau. Elle adorait se laisser flotter avec un tuba. Dans le silence et la légèreté. Chaque printemps, quand elle replongeait dans une piscine municipale pour la première fois de l'année, elle ressentait son corps différemment, heureuse de cette soudaine apesanteur. L'eau qui la soutenait était étrange et apaisante. Elle nageait pour oublier comme on lit pour oublier. Ou pour se rappeler.

Le 8 décembre, elle était rentrée de ses cours d'aquaforme à l'appartement au New Jersey et elle avait dit, en enlevant sa tuque : «Je crois que je suis heureuse.» Les cheveux humides. Je ne sais pas si elle était inquiète, mais elle était très certainement troublée.

Je l'avais embrassée dans le creux entre la clavicule et le cou et j'avais respiré. L'odeur du shampoing et du chlore.

Elle aimait aussi les sucettes Chupa Chups à saveur de Cola. «On n'en trouve pas en Amérique.»

«Tout le monde veut avoir raison. Personne n'a tort du moment que quelques critères sont atteints : le mensonge et l'espoir. Et aucune femme n'est jamais devenue pape. De quoi ont-ils eu peur ? Ils sont tous sortis d'un vagin. » Je n'ai pas voulu répondre parce que la réponse serait simplement décevante.

Elle avait un gros ventre rond. On faisait l'amour sur le côté. Ou à quatre pattes comme des mammifères. Elle serrait toujours les couvertures entre les poings. Son ventre me faisait peur. Une architecture. Il y poussait quelqu'un d'autre. Un peu moi. Les femmes nous poussent vers un vertige entre deux immeubles. Maintenant et plus tard.

Elle avait gardé son soutien-gorge. Certains soirs, il demeurait en place et d'autres, il disparaissait. Jamais compris pourquoi. Après elle avait dit : « Un miroir peut augmenter la valeur d'une chose et, la fois d'après, la renier. » Elle citait approximativement Italo Calvino dans *Les villes invisibles*. Je suis de plus en plus convaincu qu'elle connaissait l'issue de notre histoire. Autrement sa mort n'aurait aucun sens.

« Je me souviens de la journée où j'ai appris à faire des boucles à mes lacets de souliers. » Elle avait six ans. Sa mère lui avait mis des collants blancs en laine qui lui piquaient les jambes. Première journée d'école. Des souliers Converse roses de fille. Le bonheur des vêtements neufs neutralisait à peine le malaise.

Le nœud simple d'abord, les deux bouts ensuite, on fait le tour du doigt puis les deux mains pincent les boucles en les éloignant l'une de l'autre pour former les deux finales, qu'on resserre de part et d'autre pour les rendre symétriques. «Y a des secondes qui valent plus que d'autres.»

Comme celles où nous nous sommes embrassés la première fois. J'aimerais qu'elles soient inscrites dans notre histoire comme les boucles de tes souliers. Il y avait une table. Une banquette. Et cette extraordinaire pression de devoir poser mes lèvres sur les tiennes pour que le monde puisse continuer d'exister à ce moment précis. J'ai senti ton corps. Sa bénédiction. Celle qui disait oui à cet espace. Un tunnel imprécis. L'intention dirigée.

La seule possible. Comme un but en prolongation. Sans équivoque. Une bague à chaque annulaire. Ta chaîne en argent avec la croix en bois d'olivier. Une troisième bague à l'auriculaire gauche, délicate et grise, en or blanc terni, de ta mère. Tes boucles d'oreilles en papillons. «La mort spirituelle des papillons», tu avais écrit, ce qui n'avait aucun rapport apparent avec la liste d'épicerie qui, elle, tenait sur la porte du frigo aimantée par un papillon jaune en plastique. Des souliers rouges *vintage* des années vingt hérités de ta grand-mère, avec une sangle au-dessus de la cheville, une robe rouge et or juste au-dessus des genoux, des motifs de fers à cheval, tes cheveux relevés en chignon, les yeux maquillés juste assez pour oublier le maquillage et des lèvres luisantes qui souhaitaient être embrassées. Rouges aussi. Il faisait 23 degrés Celsius. T'avais dit que tu m'aimais quatre fois.

On vivra en dehors des inquiétudes : «Ne sous-estime jamais un homme amoureux.»

La première fois que t'as dit «je t'aime», j'ai tremblé. La deuxième, j'ai été surpris, la troisième, j'ai douté, et la quatrième, j'y ai cru. Tout va bien. Je me sens bien. Surtout quand je sais que je suis le dernier homme debout. Encore une fois. « Je ne briserai pas mes vœux, promis. »

16 DÉCEMBRE.

Branka : « Tu savais que, dans l'histoire originale des frères Grimm, les belles-sœurs de Cendrillon se sont coupé les orteils pour pouvoir chausser les souliers ? Dans l'espoir de tromper le Prince et qu'il décide de les épouser. Elles sont même montées à bord du carrosse pour le rejoindre et lui montrer que les chaussures leur allaient. Et comme le Prince s'apprêtait à les croire, un petit oiseau lui a soufflé que la voiture était ensanglantée. » Il a alors compris l'horreur et le mensonge.

« Pourquoi Disney a modifié l'histoire ? Il nous a menti, dans l'espoir de nous éviter une chose qu'il a jugée laide. » Il faut se méfier des mensonges, mais peut-être surtout des omissions. Surtout de celles, hypocrites, qui veulent améliorer la race. Se mentir même à soi, pour son bien. Des indulgences.

« Elles se sont coupé les orteils ! Tu trouves pas que c'est une partie importante du récit ? » elle avait crié en faisant semblant d'être fâchée, en souriant. J'avais fait oui de la tête.

« Mes films préférés sont ceux où le héros meurt avant la fin, préférablement même dès le début, comme ça, il y a moins de *bullshit*. »

Stan s'était sans doute demandé comment c'était de mourir. Il se passe quoi quand les fonctions du sang ne suffisent plus à alimenter la conscience? Outre l'étouffement des chairs, le moment qui suit la dernière seconde ressemblera-t-il à ce qu'on dit? Comme dans ces récits de morts revenus à la vie dont on se délecte. Se pourrait-il, simplement, que tout s'éteigne? Que la lumière au bout du tunnel soit visible seulement quand on est expulsé du ventre d'une femme?

Stan avait autant senti la légèreté des bonheurs que le poids des fers qu'il portait. Il avait expié. C'est l'unique privilège des morts. Une connaissance que je repousserai encore plusieurs années. En fuite.

Branka aussi savait. Au même moment. Les deux personnes dont j'aurai le plus approché le centre. Aux mêmes heures reliées. Entre le trottoir d'une ville américaine et une orbite terrestre.

Je marche seul.

Il est presque seize heures. Il fait noir. Ça fera bientôt une journée complète. Il paraît que le souvenir, autant du malheur que des faits heureux, dure quatorze jours. Après quoi toutes les émotions sont réduites de plus de la moitié. Ça me mènera à peu près à la fête des Rois. Avec l'espoir que tout ça soit vrai. Pourvu qu'il y ait une étoile ce soir-là. Ou des poussières de couleur dans la nuit pour m'indiquer un chemin.

Il a neigé à Brooklyn aujourd'hui. Des flocons qui feutrent les sons. Moins de bruits de klaxons, de sirènes, de camions. Un répit pour l'usure quotidienne. On se demande souvent comment s'idéalisent les moments signifiants. Soit ils s'imposent avec violence, soit ils s'immiscent comme une goutte d'eau.

« Quand Branka est morte. » Ça n'explique rien, pour une fois, mais ça rend le constat indispensable. Des secondes comme des millénaires. Je ne sais pas si j'ai aimé cette femme. Je crois que oui. Elle me manque. Ce n'est pas le malaise de l'absence qui fait mal, mais un trou dans le désir. On peut bâtir à partir de là. Certains jours, l'attirance était fusionnelle. Il n'y avait pas de salut en dehors d'elle. Même physiquement. Je serais resté en elle des siècles. Excité par le simple et rare sentiment d'être plus vivant ainsi. «Comment tu vas me prouver qu'il n'existe pas?»

Nous aurions un fils. Une suite normale et déjà organisée. À l'envers de l'histoire de Judée. Notre rencontre à Pâques. Ta mort à Noël. Et voilà, t'aurais eu le temps de dire dans la chute: «Dieu n'existe pas.» Je sais maintenant. Il n'aurait pas pu inventer notre histoire. Il n'y a aucun lien. Sauf ceux que l'on veut. Même pas d'absurdité. Des faits. Dirigés. Ton corps doit être à la morgue. Froid, raide. Un trou derrière la tête et une ouverture grossière sous le nombril. Ça reste un mystère. En dehors de l'animation des corps, je comprends encore moins. C'est par l'immobilité qu'on devra tout prouver, et non par l'avancée. C'est un échec. Au commencement, il n'y eut aucun mouvement.

À l'Halloween, tu m'avais donné une petite sorcière en ronde-bosse, en fer-blanc, que j'avais rapportée à Montréal et suspendue dans la salle de bain de mon appartement sur Jeanne-Mance. Elle est encore là. La beauté des choses inanimées. Elles ne meurent pas. Elles continuent d'être immobiles et d'exister. Comme un miracle. Et c'est aussi à travers elles qu'on s'attache avec des câbles invisibles aux autres choses qui, elles, ont le malheur de savoir mourir. La nécessité des reliques. J'étais bien sur le pont de Brooklyn hier soir à regarder l'eau couler.

Tu aimais les mobiles de Calder parce qu'ils avaient la simplicité essentielle de leur identité. Rien de plus, rien de moins. Sans discours. Des formes banales, suspendues, sans aucune prétention. Presque comme cet homme dans l'espace. Une histoire sans fard. Depuis qu'on sait que la vie ne pourrait pas être éradiquée, c'est à sa conscience qu'on devrait s'intéresser. «Considérons un instant que nous ne sommes que l'équation de quelques coïncidences, de cellules et de biologie : nos actions, nos gestes, nos choix nous sont imputables. Alors que si nous sommes la volonté d'un autre, du simple faux pas jusqu'à l'extinction, nous sommes exonérés.» Le jugement final punirait jusqu'à l'homme qui aurait commis un crime parfait. Quand on perd le jugement par amour, c'est un acte passionnel, et ça peut s'expliquer en Justice. Mais quand on arrête la vie par amour, ça s'appelle comment? Qui serait habilité à en juger? Rien ni personne ne pourrait me juger.

Elle m'a aussi donné une petite boîte pour Noël, hier, juste avant de sortir. Elle a insisté pour que je la garde avec moi. «Ne l'ouvre que si tu ne tiens pas ta promesse», m'a-t-elle dit. Un petit rectangle de la taille d'une carte de crédit. Un peu plus épais. Enveloppé dans un papier rouge avec des têtes de père Noël. Du ruban vert luisant. La promesse tient. La boîte est toujours dans la poche gauche de mon manteau. À droite ce sont les clés, le téléphone et des pastilles. À gauche, ce sont les objets importants : livret de banque, argent, cartes d'affaires. Et ce petit cadeau de Noël, que Branka, insistante, m'a imposé.

Je me souviens qu'elle adorait aussi le bruit du feu et les guimauves brûlées. Qu'elle clignait souvent des yeux quand elle me regardait.

Qu'elle se tortillait toujours une mèche de cheveux, quand on parlait du lendemain.

Elle était un peu plus petite que moi. Son regard devait monter chaque fois qu'elle me parlait. C'est côte à côte, sur les draps froissés, qu'on était peut-être de la même taille. «Je me méfie des idées», qu'elle avait dit. «Trop d'idéaux, ça me fait oublier le présent et me rend triste.» Pause.

Comme souvent le matin, elle s'était levée et avait enfilé une de mes chemises. Elle avait souri en se regardant dans le miroir. «Je me suis boutonnée en jalouse.»

De dos en marchant, elle avait dit: «Nos gestes valent mille fois plus que les milliards d'histoires qui nous racontent.» Elle s'était assise sur les toilettes sans fermer la porte de la salle de bain. Je m'ennuierai aussi de ça.

Nous avons le devoir de nous mentir. Je raconterai des trucs en marge, dans la suite de ta mort, Branka. Autrement c'est trop dur. La vérité est un décalage. Stan ne pouvait plus tenir. Nous ne sommes pas des orbites. Nous ne l'avons jamais été. Nous sommes des spirales.

Sᴀʀᴀʜ ᴇᴛ Hᴇɴʀʏ vont finir leur vie ensemble. Par choix. Dans la seule liberté qui n'ait pas été encadrée. Ils ont choisi de s'aimer et de faire la route à deux. Ils auraient pu être trois, quatre, cinq. On a inventé les anniversaires pour se compter. Pour combattre l'échéance. Sept ou huit décennies comme bouclier.

Sauront-ils jamais nommer une autre fois, à un autre inconnu comme moi, le vide qui les unit et les divise? Sarah. Son empreinte toujours vive entre les jambes, quarante années plus tard. C'est dans la tête que ça ne coagule pas. Elle aurait tant voulu se venger de la vie. Lui rendre la monnaie de sa pièce. Se payer par la vengeance. Sourire, victorieuse et muette, à la face du méchant. Croire au triomphe naturel. Qu'une véritable justice existe. Dans le fond d'une tranchée, sur un lit d'hôpital, à travers l'eau des larmes, un dimanche en famille, expliquer la famine à des enfants la bouche pleine, que les écarts se taisent, que le mal cesse d'étourdir, que les questions se résolvent, que le vide ne nous aspire plus.

Ce qui fait le plus mal dans une fausse couche, c'est la dissolution de l'espoir. Les autres mois, quand on n'y croit pas, ce sont juste des serviettes hygiéniques.

19 DÉCEMBRE.

Il neigeait à New York. Cinquième avenue. Macy's, Barneys, Cinderella Garbage D. Je la regardais toucher les vêtements de sa main droite. J'avais un rôle secondaire. Les passants souriaient quand ils devinaient son énorme ventre sous son manteau ouvert. Bonheur étrange? Compassion? Empathie? Ou la satisfaction tacite et muette que d'autres qu'eux allaient assurer la suite? Elle m'avait demandé si je trouverais bizarre qu'il naisse le 25. «Pas vraiment», j'avais répondu, parce que cette date n'était qu'un consensus historique. «T'en connais d'autres?» qu'elle avait dit sans se tourner vers moi, en fixant l'étiquette de prix d'une robe noire et blanche Betsey Johnson qu'elle tenait entre ses doigts. Elle n'était pas plus ni moins heureuse dans une boutique de haute couture que dans une friperie.

Son silence aussi était un consensus. Le contraire des mots nombreux qu'on se répète dans la crainte des jours trop semblables.

«Toutes mes prières athées, depuis l'âge de douze ans, c'est à moi que je les adresse, mais depuis qu'il bouge, c'est aussi lui que je prie de temps en temps.» Elle avait mis sa main, la même qui tenait l'étiquette de prix quelques secondes auparavant, sur le haut de son ventre, juste sous ses seins.

Elle portait ma tuque des Yankees. J'avais descendu le collet de son manteau, son foulard et son col de chemise. J'avais remonté ses cheveux et posé mes lèvres sur sa nuque brûlante. Une, deux, trois secondes. Il m'a semblé qu'elle a fermé les yeux. Son odeur. Un instant. Ne sois pas inquiète, Branka, tout va bien. Tu crois que c'est ça la tendresse ? « Je te pose la question. » C'est important, la tendresse ? C'est peut-être elle qui nous sauve des heures inégales qui usent trop et mal. Une réconciliation parfaite. Elle y réfléchirait et m'en reparlerait plus tard. Le 24.

Parce que d'un geste de la main, on peut frôler l'euphorie. Soutenus par le désir, on peut facilement arrêter le sable de couler. Suspendus, les poings serrés de toutes nos forces sur la corde qu'on tient, au-dessus du vide.

Je ne regrette rien. Je ne regrettais rien avant. Un baiser. Une paupière qui cligne contre la mienne, ta jambe sur ma jambe sous une couverture, le revers de ma main sur tes reins. Ces gestes me manqueront.

Entre Stan et moi, après Paris, Branka a suivi sa mère en Amérique. Trois années à se refaire. Université Columbia, Ph.D. en histoire de l'art. À essayer de comprendre dans des gestes quotidiens et l'espoir américain ce que tout ça avait à lui offrir. Au pays des rêves et de la rédemption. Trois années d'études, de *caffe latte* Starbucks, et d'un boulot de serveuse dans un bistro où la patronne voulait qu'elle accueille les clients en français les soirs de week-end. Elle travaillait pour payer ses études. Pour acheter des livres aussi, après les centaines empruntés à la bibliothèque publique. «Ils savent laisser des traces», elle avait dit un soir qu'on parlait des technologies. «Ici le succès est plus crédible quand il passe d'abord par l'échec.» Et toutes ces heures qu'elle avait passées à l'église baptiste sur Montgomery, au coin de la rue de son *public housing*, à essayer de comprendre, dans une apparente piété, ce que les milliards d'hommes, de femmes et d'enfants pouvaient bien vouloir trouver de rassurant dans une existence plus grande que soi. Elle n'arrivait pas à saisir. Même à travers ses efforts de pardon, d'amour et d'élévation, elle n'arrivait pas à comprendre pourquoi on avait cherché à se déresponsabiliser humainement par l'invention d'un dieu. Des siècles qu'on lui fourrait dans la gorge qu'elle devait se rapporter à une instance morale construite comme un film. Son film préféré était *Clockwork Orange*. Parce que Alex, c'était nous tous, contenu dans un seul.

« Ce serait tellement beau si l'Amérique mourait d'une septicémie. »

Elle trouvait aussi une consolation dans les fleurs. Surtout les petites. « Je ne sais pas pourquoi », qu'elle disait. « Ne me demande pas de faire du sens quand il n'y en a pas, c'est une erreur de vouloir tout expliquer, il y a des choses qui ne se justifient pas, et c'est bien ainsi, ça nous évitera de penser que tout ce qui existe se relie à une cause et une conséquence. » Même si c'est un gratte-ciel ou une falaise. « Parce que dans les deux cas, entre l'ivresse du vertige ou la peur réelle de la chute, c'est l'espace en dessous qui nous motive. » Et quand c'est l'amour?

Je me rappelle le 8 décembre. Le matin où elle est rentrée de ses cours d'aquagym, heureuse.

«Aujourd'hui c'est l'an 1430 du calendrier musulman et l'an 5770 du calendrier juif», qu'elle avait dit. Début de soirée. Je regardais la télé. Un match de football et des publicités de Noël. Branka pétrissait du pain, elle enduisait ses mains d'huile de canola presque toutes les minutes. «La recette de ma grand-mère.» Elle portait des jeans noirs. Déboutonnés. Les pieds nus dans des ballerines. Une camisole Gap blanche qui allait exploser sur son ventre tendu. Les cheveux remontés en toque et retenus par une pince en forme de papillon. «Tu savais que le canola n'existe pas?» Elle avait enchaîné, en montrant du menton la bouteille de plastique, avant que je puisse répondre: «C'est de l'huile de colza, la plante s'appelle C-O-L-Z-A, mais un jour quelqu'un, quelque part, a supposé – tu comprends ça, une supposition? –, eh ben, quelqu'un a supposé que le mot colza n'était pas assez vendeur, alors ils l'ont remplacé par le nom d'une compagnie: Canola, pour Canadian Oil Company, parce que c'est au Canada, dans les Prairies, qu'on trouve à perte de vue des champs magnifiques de canola!» Elle n'était même pas cynique.

C'est à ce moment que j'ai compris ce qu'elle voulait dire. En flash-back. Quand on sait regarder, il arrive que ce ne soit pas voulu, il y a des endroits dont on ne pourra pas s'enfuir. J'aurais aimé que le moment soit grave, sombre et sans nom. C'est ce qui arrive quand on croit trop les histoires qu'on s'est fait raconter depuis la petite enfance.

Le geste innommable qu'elle me demandait.

Q<small>UAND JE SUIS PARTI DE CHEZ</small> S<small>ARAH ET</small> H<small>ENRY</small>, il faisait noir dehors. Vingt-quatre heures. Je les ai salués avec beaucoup de sincérité. Ils m'ont laissé partir comme j'étais entré. Simplement. Vingt-quatre heures dans une vie. Je disparaîtrai de la leur. Je crois qu'ils m'ont dit «au revoir» quand je suis sorti, juste avant que la porte ne se referme. Je ne suis pas certain d'avoir entendu. Comme hier, sur le pont de l'East River. Je ne me rappelle pas si l'arme a fait un bruit en touchant l'eau.

Sur le trottoir de la rue Meserole à Brooklyn, coin Leonard.

Il ne neige plus. La nuit va tomber à nouveau. Nous sommes le soir du 25 décembre. Il y a des guirlandes de lumières multicolores qui clignotent aux fenêtres. La ville est anormalement tranquille, comme si on respectait un couvre-feu. Il y a une borne-fontaine. Des écriteaux de remorquage, de caméra de surveillance, un drapeau américain, des sacs de poubelles. Je me suis assis. La même borne-fontaine qu'hier soir.

En été, à Saint-François-de-Sales, on se retrouvait toujours autour de la borne-fontaine du centre sportif du village, dans le stationnement en face de la bibliothèque. Doit-on vraiment arroser les livres qui brûlent?

L'été de nos seize ans, Stan et moi, on a été employés du service municipal du village. En pick-up, une grosse clé à molette à la main, on a purgé le réseau d'aqueduc et le système d'incendie, comme d'autres étudiants avant nous chaque printemps. Ça serait bien si on pouvait se saigner de l'air vide qui nous dilue.

«Stan?» J'imagine qu'il ne m'entend pas. Il doit faire froid dans l'espace. «Ça va mieux?» Tu dois être léger maintenant. Tu souris. T'as finalement réussi à te lester? On parle beaucoup de toi ici-bas.

«Le Temps aussi tourne autour d'un centre, l'aiguille des heures, puis celle des minutes, faut juste faire comme lui», elle avait dit alors que je dormais presque. Je pense que c'est la fois où elle est tombée enceinte. «Let's not be fooled by the end.» Elle avait cité de mémoire Dorothy Parker en relevant le drap contre elle.

Il y avait le son de l'horloge dans sa cuisine.

« De tous les gestes, c'est l'aveu qui commande le plus d'efforts et de courage », qu'elle avait dit après avoir parlé de tendresse, juste avant d'être tuée. C'est dans cet aveu que j'ai compris que la vie s'évaporait. Pas juste la sienne, mais toutes celles qui comptent.

« J'aime le son de la trotteuse », elle avait dit.

Un vent d'est arrose de froid l'air humide d'un océan américain, un 25 décembre. Nos limites sont souvent celles de nos corps. Il y a des milliards de choses complexes que je comprends. Et quelques autres, simples, qui m'échappent complètement. La vie m'a fait chanceux. Depuis le début, nous nous sommes inventé des magies pour expliquer ce que nous ne pouvions concevoir. Ne plus devoir tourner sur place. Refuser les mensonges centrifugeurs. Avoir un centre comme toutes les galaxies. Même au prix de la mort. Ou accepter la responsabilité du mensonge, poser un geste.

Contre nature.

Remettre le compteur à zéro.

Je serai la seule avancée.

« Saura-t-on se rendre jusqu'à l'aveu avant que la beauté du monde ne s'évapore totalement ? » Branka. Encore. « On ne devrait jamais avoir à s'ajuster à quoi que ce soit parce qu'on est des amants. »

Une dernière fois.

J'ai repris ma marche. J'entends les chansons de Noël à travers les portes. Des adultes qui acceptent et des enfants heureux. Une fête autrefois religieuse. Du passé.

24 DÉCEMBRE. Hier à Jersey City. 16h51. La limite de son corps. Elle m'avait parlé de tendresse et avait dit «ne faire confiance qu'à ceux qui doutent», en remontant et fixant des mèches de cheveux au-dessus de ses oreilles avec des *bobby pins*. Elle avait une robe courte sans manches, en ratine noir et blanc, des bottes en cuir pâle et des leggings noirs. C'était la première fois que je la voyais avec cette robe. Ce serait Noël ce soir. «Je l'ai depuis dix ans, j'ai attendu longtemps, c'est la première fois que je la porte.» Elle m'avait embrassé sur la joue en souriant.

Achevé d'imprimer en octobre 2015
sur les presses de l'imprimerie Gauvin

ÉD. 01 / IMP. 01